言葉を生きる

片岡義男

岩波書店

言葉を生きる　もくじ

I

II

Ⅲ

Ⅳ

装丁＝平野甲賀

I

否も応もなく

小田急線新宿駅の四番線ホームで、平日の午後四時三十何分だったか、僕はロマンスカーという種類の特別急行に乗るため、列車がホームに入って来るのをひとりで待っていた。御殿場線を経由して沼津までいく、JR乗り入れの特別急行だ。何人もの人たちがプラットフォームのあちこちにいた。あちこちとは、到着する列車の、車輛ごとの乗車位置だ。その位置ごとに、何人もの人たちが、なんとなく列を作るかのように、集まっていた。

僕がひとりで立っていた周辺にも、何人かの人たちがいた。すぐ隣にいたのは、おそらくまだ一歳になっていない年齢の、ひとりの男の赤子だった。ベビー・カートに乗せられていた彼は、なかば仰向けに横たわった姿勢であり、その姿勢のまま見上げる彼の視線は、この僕の顔によってさえぎられていた。

だからその赤子としては、僕を見ている他なかった。目をそらすことはしなかったから、なんらかの理由で僕を見ていたかったのだろう。なぜかごく淡く不愉快そうな、どこかが不快でもあるような、明らかに不機嫌な表情で、けげんそうに赤子は僕の顔を見続けていた。そのときの僕は、そこにただいるだけで、その赤子を不愉快にさせていたのだろうか。

そうではなかったと僕は思う。その赤子は僕に関して、初めて見る知らない男の人、という程度の認識すらなかっただろうから。そのとき自分が置かれていた状況が、その赤子にとっては、いわく言いがたく、ほんのりと、不快だったのだ。その赤子を見ていた僕の意識のなかに突然に閃いたのは、数十年をさかのぼるならこの僕もまた、まったくおなじような赤子だったのだ、という認識だ。

この赤子はこの僕ではないか、と僕は思った。この僕はじつはこの赤子なのだ、とも僕は思った。そのような意識に自分をひたしながら、僕は赤子の両親に視線を向けた。彼ら夫妻は、ベビー・カートのかたわらにしゃがんで話をしていた。夫も妻も三十代前半だったろう、容貌や体つき、雰囲気など、すべての要素がきわめて平凡な、いまの日本で庶民の代表が務まるような、ひと組の男女だった。おそらく夫婦だ、そしてカートの上から僕を見上げ続けていた赤子は、彼らの第一子だったはずだ。

彼らを見るともなく見ていた僕は、二度目の閃きを得た。ここにしゃがんで特急を待ちながら話をしているまだ若い夫婦ただふたりだけを、なんとも言いがたく心もとない、あるかなきかのじつに頼りない保証にして、この赤子はこの世に出て来たのだ、という閃きだ。ごく当然のことだから、閃きという言葉は当てはまらないかもしれないが、そのときの僕にとっては、大いなる驚愕をともなった愕然たる閃きだった。

わずかにこのふたりだけを唯一の当てにして、この赤子は一年前はまだ母親の胎内にいた。そして生まれてみれば、いまここにいるこのふたりだけが、この赤子の両親だった。このふたりなんだよ、このふたりだけなんだよ、と僕は胸のなかで叫んだ。ある程度の成長をとげるまでに、人間はかなりの時間を必要とする。母親ひとり父親ひとりという、都合ふたりだけの両親に、少なくとも幼い年月のあいだは、完全に頼りきらなくてはいけない。なんの疑いもためらいもなしに、いっさいがっさいすべて丸ごと、この両親というただふたりだけの人たちに、僕を不快そうに見ていた赤子は、全面的に依存しなければならない。なにがどうなるのかはまったく予測のつかない日々の連続を前方に置いて、しかも自分がなになのか赤子ゆえにまったくわからないという、これを越える不安は他にないと言っていい状況のただなかに生まれたのが、この世でたったふたりだけの、この両親のもとだった。

生まれたばかりの赤子の頃、さらには生まれる以前の、まだ影もかたちもなかったけれど、運命のようなものとしてはほのかに存在していたはずの自分までさかのぼってみるのは、物事のとらえかたの筋道として、たいそう正しいと思う。

きみはなぜこの世に生まれたのだ、という質問に対して、僕は偶然によって生まれました、と答えるのは、こうした質問への答えかたのひとつとして、とっくに定型となっている。確かに偶然だったのだが、まったくでたらめの、どこにもなんら法則性のない、ランダムさそのもののような偶然にまかせた結果ではなく、多少の秩序のようなものはそこに機能していたはずだ、と僕は思う。

両親が出会って結婚にいたり、父親によって母親が妊娠し、その妊娠が完遂されて初めて、僕は生まれ落ちた。だから、最初の偶然の発生点は両親の出会いにあり、その偶然のすぐ裏には、あるかなきかの頼りないものではあったとしても、法則性のようなものは機能していた、と言わざるを得ない。

母親は近江八幡に昔から続いた数珠屋の末娘だった。さかのぼると例によって聖徳太子までいきあたる。聖徳太子は地場産業の振興を人々に説いた。その産業のひとつが数珠の生産だったという。幼い頃から自分に専属の料理人がいたという、なに不自由ない育ちかたを経験した。しかし家業は母親の成長と平行して傾いていき、なぜそうなったのか、少女期の母親にも痛感出来るような理由が、明確にあった。これではいけないと決意した母親は勉学にいそしみ、当時の女性にとってはおそらく唯一の、したがって最高のかたちだったはずの、女学校の先生となった。自立の最初の一歩を、若い母親はこのように踏み出した。

父親はハワイのマウイ島で生まれ育った日系二世だ。少年の頃にホノルルへ出て目を開かれた。なにしろ大昔のハワイの、しかも日系社会だったから、英語とは名ばかりの英語を、人々は日常のそして人生の言葉として、喋っていた。そのような言葉が可能にした人生を受けとめて背負い、背負えなくなったときが、その人生のほぼ終わりだった。

これではいけない、こんな言葉を喋っていては人生もなにもあったものではない、といまだ少年だった父親は思った。言葉だ、言葉が人生を決定する、と父親は確信した。このあたりのことに関しては、僕は中年だった頃の父親から、直接に話を聞いた。どうすればいいのか。ハワイからアメリカ本土へ渡る、という答えしかなく、父親はそのとおりにした。若き苦学の日々を重ね、そのおかげでと言っていいかと思うが、かつてのレーガン大統領とそっくりな喋りかたとその言語世界を持つ人となった。その気になればじつに見事なハワイ日系社会英語を喋ることが出来たし、アメリカで遭遇するいろんな人の物真似が、息子である僕が仰天するほどに巧みだった。晩年には元レーガン大統領の物真似をしばしば披露した。

先生になった母親は山口県岩国の女学校に赴任した。父親がカリフォルニアを中心に西部一帯でなにをしていたのか、詳しくは聞き逃したが、日々がうまく進展しているときには経済的に余裕があり、日本に向けて太平洋航路の汽船に乗り、到着した神戸あるいは横浜を中心にしてあちこちで遊び暮らすという、極楽トンボぶりを発揮していた。祖父の出身地であり、自らも幼い頃にごく短期間、一度だけ滞在したことのあった岩国を訪ねたとき、アメリカ帰りの小金持ちにとって居心地は悪くなかったから、彼としては長逗留しているうちに勧める人があり、当時の轟夕起子とよく似ていた女学校の先生と見合いをし、おたがいに合意に達したのだろう、ふたりはやがて結婚した。

花嫁をともなってすぐにアメリカないしはハワイに戻るつもりだったようだが、ふたりは日米開戦に巻き込まれ、自分だけ帰還の交換船に乗るわけにはいかなかったから、夫は妻とともに日本にとどまった。こうなったとき彼らふたりは東京にいたという。

このふたりはまったく相反する世界の住人のように思えるが、僕から見ると、どことも言い難くよく似ている。よくある似た者夫婦ではない。そのような意味では、ふたりはまったく似ていない。基本的に同一の質と次元にいる、とでも言えばいいか。これではいけない、なんとかしよう、と人生のごく初期において、きわめて素朴なとしか言いようのない志を抱き、そのとおりに行動することを人生の始まりとした、という点においてまずふたりはまぎれもなく相似形だ。

明日はもう戦争の時代のカリフォルニアと山口県という、まったくかけ離れた場所にいたふたりを、やがて結びつける運命の力の予兆などまだなにひとつなかった頃、ふたりはおなじ時代のなかでおなじような年齢であり、目のあたりにした現実に対して、これではいけない、と痛感したという、共通の、そしておそらくは同質の体験を、持った。僕の父親がマウイ島で生まれることになったのは、祖父が山口県からマウイ島に渡ったからであり、その祖父がハワイから帰って建てた家のあった場所が、岩国だった。ふたりを結びつけた、あるかなきかの運命の力を発揮したのは、特定の時代の特定の場所だった、と考えることも出来る。そのような場所は、どこであれすべて、さまざまに潜在的な関係の溜まり場なのだから。

なんとかしなくてはいけない、なんとかしよう、なんとかなるはずだ、というふたりのささやかな志の重なり合いのなかから、僕は生まれた。だから僕は彼らのささやかな志を、まるでDNAのように受け継いでいる。まだ生まれていなかった段階の僕は、彼らふたりのごく小さな頼りない志のなかに、すでに存在していた。なんとかしよう、という志にもとづくごく当然のアクションのひとつとして、彼らは家庭を持ち、その次の段階の当然として、子供を作った。彼らの志を受け継がざるを得ない存在として、僕はこのあたりから始まって現在に至っている。

国民精神総動員。ノモンハン。紀元二千六百年。米穀配給統制。大政翼賛会。こういった日本に僕は生まれ落ちることとなった。嫌です、迷惑です、やめてください、と言うわけにもいかない。したがって僕にとっては、これ以上ではあり得ないほどにふさわしい時期に生まれた、と思う他ない。母親の胎内にいたときの記憶があるような気がするが、根拠はほとんどない。

母親の胎内で羊水に浮かび、ほかにどうすることも出来ないまま、少しずつかたちを得つつある体を丸くして、来るべき時を待っていた自分は、ごく軽度にではあったが、困っていたように思う。さて、ここからどうすればいいのか、という困りかただ。どうするもこうするも、自分ではなにひとつきめることは出来ない。時が至れば母親の体から外へと出るだけなのだが、まだ母親の体のなかにいるしかない頃の自分は、そのような状態に少しだけ困っていた、と僕は言う。かすかにある記憶をそのいちばん向こうまでさぐっていくと、いまだ胎児としての自分の、このような状態に突き当たる。

母親の胎内にいて、さて、どうしたものか、と少しだけ困っていた自分は、出産されて母親の体からその外へと出た瞬間から、なんとかしなくてはいけない、なんとかしよう、なんとかなるだろう、という方向づけで生きていくことになった、と僕は思うことにしている。勝手な思いなのだから、これがもっとも面白いではないか。しかもこう考えると、結婚する以前の両親から始まり、胎内にいた頃をへて現在の自分まで、論理の道筋はきれいにとおる。

大脳がたいそう発達した百日目あたりの胎児の自分を、僕は第三者の目で見た光景として、ごくかすかに記憶している。いま自分がどのような状態にあるのか、第三者の視点で感知する能力を胎児は持っているからだ。六カ月となった僕の大脳はさらに大きい。頭のかたちはいまの僕の頭のかたちそのままだ。目を閉じ、体を丸めて胎内に浮かんでいる横顔には、いまの僕の始まりとしての面影が、はっきりとあった。

僕は母親の胎内にいた頃から自分だったのだし、母親が僕を宿す以前から、いまだどこにもかたちのない、ごくかすかな運命のようなものとしても、僕は自分としてすでに存在していた。しかし、なんと言っても決定的なのは、出産だろう。母親の胎内から、その外の世界へ。なんという劇的な、しかも無慈悲きわまりない、激変であることか。あまりにも劇的でしかも無慈悲であるがゆえに、生まれ落ちたその瞬間に、赤子は立派なひとりの自分になってしまうし、そうならざるを得ない、と僕は思う。そうでなければそこから先を、どのように生きていけばいいのか。

生まれたばかりの赤子は、持って生まれた感覚を総動員して、自分が外界に放たれたひとりの存在である事実を、おそらく一瞬のうちに知る。赤子は泣く。泣くだけですでに、その赤子は立派な自分ではないか。いまは泣くのだ、という衝動を全身の内部に強く感じると同時に、その衝動を、泣くという動作や泣き声などの総体として、赤子は外界にいるすべての人に対して提示していく。声を張り上げて全身で泣く赤子は、ひとりの自分という存在の、もっとも純粋なかたちだと言っていい。

赤子は機嫌のいいときは眠っている。泣いているときとは反対のありかただ、ととらえる人は多いかもしれないが、泣くも眠るもひとつの自分だろう。生まれて少しだけ時間がたつと、赤子はあちこち見ながら、なんとなく笑顔になっていることがある。自分という存在を確認しているのではないか。赤子は拳を握りしめていることが多い。必死に握りしめられた小さな拳、それは究極の自分というものだ。

全身で泣いているとき、泣いている自分という存在を、そうとはまだ意識しないままに、赤子はその全身で受けとめる。足を蹴り飛ばしても、小さな拳を振りまわしても、その動きは赤子の体の感覚へと、たちまち回帰する。回帰したその場所は、自分以外のどこでもない。

身近にいるいろんな人たちが赤子に話しかける。名前を呼ぶ。自分が名前を呼ばれたとき、つまり自分の名前が音声として他者から自分に向けられたとき、その音声が自分を指し示している事実を、赤子は生後十日目くらいには認識するのではないか。特に母親から名を呼ばれるときの音声は、生まれた次の日にはすでに認識しているだろう。どんなに親しく近しい人たちであれ、彼らを含めて他のすべての人たちから明確に区別される、このひとりだけの自分という存在を、成長していく赤子はその日々のなかでさまざまに感じ取る。いろんな人たちから名前を呼ばれるとき、その名前の持ち主としての自分という存在を、幼児は感じ取っては自分の内部に蓄積させていく。

「自分」という言葉を、ジブンという音声として受けとめ、その音声がなにを意味しているのか、間違いなく理解出来るようになるまでに、赤子ないしは幼児に、どのくらいの時間が必要なのか。最初は母親から、幼児はジブンという言葉を受けとめるのではないか。ジブンは日本語だから、僕の場合は母親からだったはずだ。自分でしなさい、自分でやってごらんなさい、というような文脈のなかで、それまですでに何度も受けとめていたジブンという言葉を、幼児ははっきりこの自分として理解する日を持つ。記念すべき日だと僕は思うが、幼子を中心にして営まれる家庭のなかでの日常という連続のなかで、それがいつなのか特定することは難しそうだ。僕の見当では一歳前後の出来事ではないか。

母親から幼児にジブンという言葉が音声で向けられるとき、たいていの場合は、なんらかのアクションを母親は幼児に求めている。たとえば、いつまでもパンツを穿こうとしない幼児に向けて、早く自分で穿きなさい、と母親は言う。パンツの足を入れる穴に両足それぞれ正しく差し込み、そのパンツの縁を両手で臍まで引っ張り上げるとき、その幼児は母親という他者との関係において、まさに自分という人なのだ。小さなパンツを小さな尻や小さな腹に引き上げて、その幼い人は「自分」になる。

生まれ落ちたその瞬間から、赤子はさまざまなかたちで自分を感じ取り、周囲の人たちからも受けとめる。他の誰でもないこの自分という認識は幼子の内部に蓄積されていき、ほぼ限度に達したとき、その蓄積の総仕上げとして、「自分」という言葉をその幼子は自らに引き受ける。そのようにしていったん引き受けたなら、自らに対してなされる「自分」という認識は、一生を終えるまでまず消えることはないのだろう。

You and I

僕がめでたく赤子となったのは、東京・信濃町の慶應病院の産科でだった。東京でもっとも安心の出来るところで産みたい、という母親の希望でそうなったという。数日後の僕は目白の自宅に移っていた。文字どおり生まれて初めての自宅なのだから、戻ったとか帰ったという言いかたは当てはまらない。しかも僕自身の意思は介在していない。こんな状況を、ごく普通の日本語で、どのように言えばいいのか。連れていかれた、だろうか。大学病院の産科が多少とも抽象的な場所だったとすると、目白の自宅はその反対の具体的な場所なのだが、そこは赤子の僕にとって、連れていかれた場所だった。

東京にはおたがいになんの根っこも持っていなかった両親が、いくつかの条件の重なり合いのなかで、たまたま目白に一軒の家を借りて住んだ。そういう場所へ連れていかれたのだから、その時点ですでに、僕の命運はあらかたきまっていた、という考えかたは充分に成立する。

目白の自宅で僕は、おそらくは新調されたはずの、赤ちゃん用の布団に寝かされた。そこに寝かされていた自分に関して、いまの僕のなかに記憶があるかないかと言うなら、ほんの少しはある。見上げるとそこにある天井のあちこちを、これは楽しいものではない、と思いながら見ていた記憶だ。自宅という現実の、これは最初にスクリーンにあらわれた画像だろうか。

三月二十日に僕は生まれた。布団の上で僕をくるんだ赤子用の寝巻は、真冬のものよりもいま少し薄くて軽いものだったろう。仰向けに横たわり、なにかが気に入らなければ泣き、手足を小さく振りまわし、よだれを垂らし、母乳を飲んでおしめを濡らしては眠っている、というごく当たり前の時間のなかで、たとえば母親と父親とを明確に識別したのは、いつだっただろうか。

母親に関しては、産まれ落ちたその瞬間から赤子はその母親を知っている、という伝説に従うことにしよう。識別もなにもありはしない、本能的に赤子は自分の母親を知っている、というわけだ。父親はどうか。赤子の僕が父親を識別したのは、自宅に連れていかれて一週間後あたりではなかったか、と僕は思う。

赤子に認識出来るのは差異だろう。母親とそうではない女性たちを本能的に識別する能力が、差異を認識する能力の基本となっている。赤子の僕の身辺にあった日常の状況は、ごく普通のものだった。したがって、その赤子にとって、いつも身近に感じていたもっとも大きな差異は、母親と父親との違いだったはずだ。母親も父親も自分とは異なった存在である、という感知は最初から赤子にはある。両親はふたりいて、ふたりとも他者だ。

なにかといえばあらわれ、ともに横たわって指先で頰を軽く突きながら語りかけ、抱き上げて頰を寄せつつさらに語りかける、基礎化粧品の妙な匂いのする、ふっくらした柔らかいほうの人、これが赤子の僕にとっての母親だった。夜になるとあらわれる日もあれば、朝から夜までずっといる日もある、ごつごつしたコーヒーくさい人、この人もそばに横たわっては、熱心にひっきりなしになにごとかを語りかける。これが父親だ。

このふたりを、僕はいちばん最初から識別していた、という記憶がある。無理して識別の能力を発揮した結果ではなく、いっさいなんの無理もなしに、ごく当然のこととして、赤子の僕にとって両親というふたりは、明らかに異なった人たちだった。もっとも際立って異なっていたのは、ふたりの喋る言葉だった。母親の言葉は日本語、そして父親のは英語だった。

当時の父親の日本語能力は、人が喋っているのを聞いていれば、なんとなく半分くらいまではわかる、という程度だった。したがってその程度には日本語を喋ることは出来たはずだが、聞いてもわからない、したがって喋れもしない、という状態を意思によって作り出していたようだ。たとえ喋ったとしても、機能しなかっただろう。ひとつなにとぞそのあたりよろしくお願い申し上げます、とでも言うべきところを、よろしく頼むよ、と言ってしまうような日本語だったから。晩年にはなんとか通じる程度には喋っていたが、それを聞かされていた人たちはもどかしい思いをしたはずだ。

父親の英語と母親の日本語とを聞き分けてそれぞれに理解し、自分のなかに二重言語の体系を少しずつ作っていく。赤子の僕にとっての日常的な環境はこれであり、したがって赤子の僕はそれにしたがった。なんということはない、ただそれだけのことだ。英語と日本語とは、いろんな意味でかけ離れた言葉どうしかもしれないが、無垢の赤子にとっては、どちらも等しくただの言葉だ。

赤子には返答は出来ない。ごく基本的な母音すら、自分の口から出る音声とはならない。父母それぞれの体の感触、そして彼らが僕を相手にしきりに喋る声を、僕は受けとめるだけだ。英語であれ日本語であれ、人が言葉を喋っているときの音声とは、ある一定の目的のために必要とされるなんらかの単語が、英語あるいは日本語にとっての正しい語順でならんでいる状態だ。そしてこのような状態こそ、文法そのものではないか。

僕という赤子が、僕に語りかける父母の音声を受けとめるとは、英語と日本語それぞれの文法に対する本能的な理解力を、そのきわめて基礎的なところから、少しずつ発揮していくことだった。本能的な理解力とは、人間が持つ潜在的な能力のひとつとして遺伝のなかに組み込まれているもの、というような意味だ。父母が自分に向けて何度も繰り返し喋る音声のなかに、まさにそのように遺伝的に潜在していた能力によって、ひとりの赤子は、英語と日本語それぞれの文法を、ごく小さなひとつずつではあったが、正しく鋭く、とらえていた。

生後半年もたてば、自分に語りかける父親や母親の音声のなかに、文法という規則性が存在している事実に気づく、という能力を赤子は発揮し始める。そのような能力がまったく新たに作り出されて機能し始めるのではなく、そのような能力は遺伝として赤子に伝えられている。産まれ落ちてから絶え間なく自分に語りかける父親や母親、という言語環境のなかで、あるときふと、なにかのきっかけを得て、遺伝されているそのような能力のスイッチがオンとなり、そこから先はその能力が支障なく発揮され続けるなら、それはその赤子にとっての幸せの基礎となる。

赤子がそのような能力を発揮すればするほど、赤子は新たな規則性にかたっぱしから気づいていく。気づいたことは重なり合いつつ増えてもいく。両親から自分に向けられる言葉を音声として受けとめるしかない赤子の日々とは、じつはこのようなものなのだ。父親からの音声は英語、そして母親からのものは日本語だったという、両親における二重言語の環境に、ごく幼い自分がとまどったり混乱したり、あるいは苦労したという記憶が、いくら思い出そうとしても、どこにもない。英語であれ日本語であれ、それぞれに規則性を持っている。規則性とは、正しいものとそうではないものとの区別が明確に厳然とある、ということに他ならない。赤子に遺伝されている能力によって、正しいものは本能的に識別され、赤子の理解力のなかにすんなりと吸収されていく。正しくないものは赤子によってすべて門前払いをくう、という言いかたをしておこうか。

ほんの一例をあげておこう。You and I という言いかたが英語にはある。しかたないから片仮名で書くとして、赤子の僕に対して父親は、そうとはまったく意識しないままに、ユーアンダイ、という言いかたを、いろんな文脈のなかで何度となく繰り返したはずだ。何度繰り返されようとも、そしてどのような文脈のなかであろうとも、ユーアンダイという音声で赤子は受けとめる。文法的にまったく正しいから、それゆえに、ユーアンダイ、は赤子の遺伝された理解力のなかへ入っていく。I と and そして you をめぐる正しい文法を、父親の音声を媒介にして、明確な規則性という文法体系のなかに取り込んでは、それを赤子は自分のものにしていく。遺伝的に潜在している文法理解力は、小さな断片をひとつ取り込むごとに、こよなく刺激されてもいく。

産まれてから一年が経過する頃には、意味のある単語をいくつか、赤子は覚える。そしてそれらの言葉を、きわめて初歩的ではあるけれども正しい語順で結び、それを自分の音声で他者に向けて発する、という能力を発揮し始める。たとえば、ニャンニャン、という言葉と、好き、という言葉を覚えて声に出して言えるまでになったなら、好きニャンニャン、という言いかたと、ニャンニャン好き、という言いかたが混在するごく短い期間のあと、ニャンニャン好き、という言いかたを赤子は採択する。好きニャンニャン、と言っても意味は伝わるのだが、その言いかたは正しい文法からは逸脱したものであり、正しいのは、ニャンニャン好き、という言いかたであることを、赤子は遺伝のなかに引き継いでいる文法能力に照合させて、最終的に判断する。そしていったんそうなると、ニャンニャン好き、としか言わなくなる。

僕の父親は、彼の生まれ故郷の名称であるラハイナという言葉を、赤子の僕に言わせようと熱心に試みたという。ある日、一歳になる前、僕はラハイナと言ったそうだ。僕が最初に言った意味のある言葉だったかどうかは不明だが、Lの音をきれいに出したよ、と後年の父親は言っていた。ラハイナという地名をその正しい音で赤子の僕は言ったのだが、これは特別なことでもなんでもないはずだ。一歳くらいまでなら誰にでも出来ることだろう。

しかし、ラハイナ、というひと言を僕に言わせるためには、そのことをめぐって、じつにさまざまなことを辛抱強く繰り返しては、父親は僕に語ったはずだ。それらすべてを受けとめた上での、ラハイナのひと言であったはずだ。どうやらラハイナという単語が重要であるようだ、だからそれをこの人は僕に言わせようとしているのだ、といった直感的な判断が、父親から受けとめたすべての言葉をひとくくりにした。

ひとつひとつばらばらに、成りゆきまかせの完全なランダムで、赤子は言葉を覚えるのではない。そのようなランダムさに人間は耐えられないだろう。すっかり大人になってからの外国語の学習に、そのようなランダムさはどこか似ている。文法にしたがって言葉を覚えていく能力を、遺伝によって赤子が引き継いで潜在させているとは言っても、文法という規則性のすべてを赤子が最初から知っているのではない。引き継いでいるのは、例えれば網の目のようなものであり、その目のひとつに正しいものを受けとめてはめ込むことが出来ると、それを核のようにして、そこからいろんな方向に、ほかのさまざまなものを正しく推測して当てはめる、という種類の能力を赤子は発揮する。このような能力があればこそ、正しいかたちを幼い頭でそのまま覚える、という習得のしかたが可能になる。

ピジン・イングリッシュについてふと思う。ピジンとは、正しくはないありかたの総称であると同時に、正しくはないありかたという大枠の内部での、ゆるやかな規則性のことでもある。すべては語順ではないか。文法の規則に沿った正しい語順があってこそ、言葉は言葉たり得る。言葉とは、人間が生きる営みのすべてだ。五感や六感、五臓六腑などの総動員だ。言葉を覚えていく赤子は、まさにこれをおこなっている。

東京の坊や

すでに書いたとおり、僕の両親は東京になんの根っこも持ってはいなかった。近江八幡の人とハワイの人とが岩国で結婚し、東京へと出て来て目白に住み始めた。東京へ出て来たこと、そしてそこでの住まいが目白駅から歩いて七、八分のところだったといったことには、母親の意志が強く働いていたと僕は思う。選択肢はこれしかありません、という母親の意見に父親はしたがったのだ。

赤子の僕にとって、そのような両親は、もっとも身近にいた他者だった。身近な存在であっただけに、そして最近親者であっただけに、生まれたばかりの僕にとって、彼らは究極的に他者であった、と僕はとらえている。そしてこのふたりの他者から、赤子は言葉というものを受け継いでいった。その言葉のなかに、否も応もなしに全面的に引き受けざるを得ない自分、というものがあった。

父親からの英語に関しては、問題はいっさいなかった。すべてがきわめてすんなりとしていた。いま少し屈折があったほうがぜんたいはもっと面白さを深めたか、と思わなくもないが、いま少しの屈折とはなになのか、具体的なイメージはいまも僕は持っていない。

母親からは日本語を引き継いだ。彼女は人としての成り立ちが関西弁の日本人であり、終生を関西弁でとおした。近江八幡で生まれ育ち、奈良で大学生としての生活を送り、教授の秘書のようなアルバイトで得た小遣いを京都での遊びに使い、遊び場は神戸にも広がっていたようだ。近江八幡、奈良、京都、神戸と関西弁を目的によって使い分け、大阪とは直接のつながりはなかったが、もっとも使いたがっていたのは、大阪南部の言葉だった。言語的に、あるいは生活信条的に、そのあたりに憧れていたのだろう。自分の言葉である関西弁にとっての、帰結点としても。

赤子はめでたく一歳を越えた。さらに月日が重なり、おそらく二歳になるよりも先に、母親の日本語には二重性があることに、赤子は気づいた。家事全般に関して下働きのような役目を引き受けていたまだ十代なかばの、どこか田舎から出て来て間もない女性との日常的なやりとりは、「せやなあ、そらあええわあ、ほな今度から、そうしょ」などと大声で言っていて、このような言葉が母親の日本語だった。

赤子から幼児にかけての期間、そしてさらにそのあと、少なくとも目白にいたあいだは、僕に喋りかけるときの母親の言葉は、東京言葉だった。このことに関しては明確な記憶を僕はいくつも持っている。なんらかの思惑ないしは目的があるとき、母親は日本語を使い分けた。東京言葉も、そのように使い分ける言葉のひとつとして、母親の意識としてはおそらく最下位に、位置していた。身につききった言葉ではなかったから、ややおかしい部分がときたまあり、ときたまは連続することも多かった。そのような言葉を、母親は幼い僕に対して使った。

僕に対する期待からではなかったか、といまの僕は思う。関西弁ではなく東京の言葉で僕を育て、東京の言葉の人にしたかったのだ。幼い僕は、僕に対する母親のそのような日本語を、受けとめるほかなかった。しかし受けとめるにあたっては、幼いなりの解釈あるいは判断がともなった。他の人たちといつも大声で喋っている日本語とは別な日本語を、母親は僕に対して使っている。理由はまだ問えないとして、とにかく現実がそうであるからには、僕に対して使っているほうの日本語を僕は自分の言葉として引き受け、母親が他の人たちと喋っているほうの言葉、つまり関西弁は、引き受けずにおこうという解釈ないしは判断だ。

母親が僕に対して使う東京言葉という種類の日本語を、まだごく幼い僕は、受けとめはしたけれど、仮のものとして受けとめた、という言いかたは成立する。仮のものとは言わず、虚構のための言葉、と言ってもいい。そのような言葉を母親から受けとめた僕は、母親にとっては現実そのものの言葉であった関西弁を、まったく引き継いでいない。ひとつふたつの単語の発音が、西のほう、のものとなることがたまにあるようだが、それは幼年期そして少年期の前半の合計九年間を、山口県と広島県とで過ごしたことによるものだろう。

幼い僕が日本語を自分のものにしていくにあたって、さらにもうひとひねり、僕が体験しなければならないことがあった。当時の東京では珍しくもなんともなかったことだ、と後年に母親から聞かされたが、赤子から幼児にかけての僕に、専任の乳母がついた事実だ。僕の世話だけを引き受けて相応の報酬を受け取る女性だ。

その女性は結婚に失敗してすぐに離婚し、僕の自宅から歩いて五分ほどのところに、お兄さんとふたりで住んでいた。当時の日本映画の主演女優のような美人で、年齢は二十代なかばだったはずだ。東京生まれの東京育ちだった彼女は、完璧な東京言葉を喋る人だった。完璧な東京言葉とは、ことさらに東京言葉であるような東京言葉、といった意味だ。そのような種類の東京言葉を喋る人たちが、少なくとも当時は、階層によっては確実に存在していた。

朝、幼い僕が目を覚ますと、彼女はそこにいた。昼のあいだずっと僕の相手を務め、夜は僕を寝かしつけ、お茶を飲みながら両親を相手に世間話をしたあと、すぐ近くの自宅へと帰っていった。僕が目白にいたのは四歳の秋深くまでだったが、それまで毎日、休むことなく、彼女は僕の相手をしてくれた。

自宅の風呂よりも銭湯を好んだ僕は、彼女に手を引かれて、毎日のように銭湯へいった。当時の日本はアメリカを相手に戦争をしていて、その戦争の進行とともに日本国家は、人々の日常生活に対してじつにさまざまな制限をかけた。銭湯は営業しない日を設けて燃料や水資源の節約に励め、という制限もあった。そんなことはまだなにひとつわからない僕は銭湯へいきたがり、銭湯が営業しているかどうか、歩いて数分の銭湯まで美人の乳母は確かめにいった。

完璧な東京言葉の人であった彼女は、同時に、見事なまでの女言葉の人でもあった。彼女の女言葉を反射板のように使って、おなじ東京言葉ではあるけれども男の子の言葉を、僕は選ぶほかなかった。だからそのとおりにした。女性である彼女に対して、僕は男でなくてはいけないと、幼い僕はそのぜんたいで、懸命に判断したようだ。

彼女に関して、僕はひとつだけ、大きな失敗を冒した。二十代半ばの年齢だった彼女を、誰もが、ばあや、と呼んでいた。年齢とほぼ無関係に、職種によって誰もが、そのように呼ばれた時代だった。だから僕も、意味はまったくわからないままに、彼女を、ばあや、と呼んだ。僕が日本語で冒した最初にして最大の失敗であり、取り返しはつきっこないが、ばあや、と呼ぶことによって僕とのあいだに生まれた距離は、僕を男の子へと突き放す力を発揮した、と考えることも出来る。

三歳になった頃の僕は、このような日々のまっただなかにあった。そしておそらくその頃には、もっとも重要な第一段階としての僕は、早くも出来上がっていた。東京に根を持たない両親のあいだで最初から浮いていた僕は、長屋の洟垂れ小僧ではないけれど、お屋敷のお坊っちゃまでもない、そのどこか中間に浮いていた。そのような僕を、東京の坊や、と僕は呼ぶ。英語と日本語のあいだで浮き、日本語は虚構のための言葉としての東京の言葉を引き受けたから、したがってここでも浮いていた。東京の坊やは、じつはこのような運命のなかにあった。

両親から赤子の僕に対しておこなわれたさまざまな働きかけは、主として言葉によるものだった。それに対する僕からの反応という受動と合わせて、この関係のほとんどは、赤子が覚えてほどなく使うこととなった言葉へと、結実した。

両親とその赤子という関係のなかに、二十代なかばの乳母と僕との関係が、重なった。乳母は他者だ。金銭的な報酬と引き換えに僕の両親に雇われ、一日じゅう僕だけを相手にする仕事を、彼女は引き受けていた。彼女にとっての仕事というものが、そこに成立していた。これはきわめて重要なことだ。僕との関係が金銭を媒介として仕事として成立することによって、もともと他者である彼女の他者性が、きわまったのだから。どんなに親しくなろうとも、僕から見た彼女の間接性は、常にきわ立っていることとなった。

その彼女からの働きかけを受けとめた僕は、まだごく幼かったけれども、幼いなりに限度いっぱいに、反応したはずだ。僕が発揮したこの受動のありかたによって、彼女との関係が生まれ、維持された。この関係のなかで、僕は自分という人になっていった。彼女は社会であり、それに僕が反応することをとおして、僕のいる社会が出来、そこに他者との共同性が成立した。その共同性のなかで、僕と彼女は言葉を共有した。共有したとは、ふたりがおなじ言葉を持ったのではなく、彼女の言葉に対して僕は僕の言葉を持った、ということだ。

陽に焼けた子供

アメリカ軍による日本の爆撃は熾烈さを増すいっぽうだった。どうすればいいか両親が相談した結果、山口県の岩国へ緊急に避難することになった。祖父の出身地が山口県の周防大島で、ハワイから帰ったのちに建てた家が岩国にあったからだ。岩国も場所によっては東京よりもはるかに、爆撃の標的だったのだが。

当時の日本では人々の日常生活に国家はさまざまな制限を強制していて、普通の日常などほとんどなかった。東京から岩国まで汽車でいくのは長距離の旅行だ。一般人の長距離にわたる旅行は厳しく制限されていて、乗車券を買おうにもまず売ってはくれなかったはずだと、一九六〇年代に、僕よりずっと年上の人が言っていた。それに普通の旅行ではない。敵軍による爆撃から逃れるのが目的だから、貴様は帝都における決戦から逃亡するのか、などと官憲から因縁をつけられ、展開によっては連行や拘留など、珍しくなかったという。

幼子を連れた一家が戦時下の東京から汽車で岩国まで。その旅行が許可され乗車券が買えたとしても、岩国まで通しでは売ってくれず、どこか途中までになった可能性は充分にあったはずだ、という話も三十年ほどあとになって人から聞いた。

僕と別れることを乳母は悲しんだ。僕の手を取っては泣いてばかりいた彼女について、ばあやはいつも泣いてばかりいるから嫌いだ、と僕は母親に言ったという。母親はそのとおりを乳母に伝え、その瞬間から彼女の奮闘が始まった。僕に嫌われたくないという思いを大きく越えて、いまは泣いているときではない、という覚醒の権化となった。

主として日本語の問題で、父親はまったく役に立たなかったはずだ。母親は関西弁でまくし立ててなかなかの迫力だったようだが、父親とは別の意味で、さほど現実的ではなかっただろう。僕たち一家を無事に岩国へ送り届けるにはどうすればいいか、彼女はお兄さんに相談した。お兄さんは当時の鉄道省、のちの国鉄に勤務していた。どこへいってどの役職の人に会い、どのような書類を用意してなにをどう訴えればいいか、細部にわたってお兄さんの手ほどきを受けた彼女は、そのとおりを実行した。

戦局は暗転しつつあった当時の日本だが、現在の日本にくらべれば、隙間はまだいたるところに充分にあった。血相を変えた妙齢の美人が美しい東京言葉で必死にそして適確に訴えれば、その訴えはなんとか受け入れてもらえた。何日もかけてさまざまなところへ出向き、そのたびに熱演した彼女は、岩国までの通しの乗車券を手に入れて座席も確保した。別送する荷物の手配も完璧に整えた。こうしたことをずっとあとになって僕は母親から聞いた。あのこには大恩がある、と目に涙をためて母親は言っていた。あのことは、乳母のことだ。

汽車に乗るために目白の自宅を出た東京の坊やは、白い兎の縫いぐるみを持っていた。僕の荷物はこれだけだった。汽車の旅はけっして楽しいものではなかったが、それほど嫌でもなく、車内が特に混雑しているわけでもなかった。途中で長いあいだ停車することもなしに、岩国にほぼ予定どおりに到着した。

白い兎の縫いぐるみを持ち、きれいな服を着た東京の坊やは、山口県岩国に到着したときから生活環境の激変を体験することとなった。十月の終わり近く、あるいは十一月初旬の、ある日の夜からのことだ。この日の夜のことは覚えているが、次の日から明くる年の八月六日の朝そして夕方までについては、記憶がまったくない。

僕が二十代になってから母親が僕に語ったところによれば、岩国で眠った最初の日の夜、僕は白い兎の縫いぐるみを自分のすぐ隣に横たえたという。次の日の朝に目覚めた僕は、その兎の縫いぐるみを置いておくための定位置をきめ、そこに兎を置いたそうだ。そしてそれからの毎日、朝起きると縫いぐるみの兎のところへいき、胸に抱いてひとしきりなにごとかを語りかけ、夜に床につく前にも兎のところへいき、朝とおなじようになにごとかをしきりに語りかけていたという。この習慣ないしは儀式は春先まで続いたそうだが、そこから先の記憶は自分にはない、と母親は言っていた。

瀬戸内での日々には、生まれて初めてと言っていい、日本の季節との直接の関係が、毎日いろんなかたちであったはずだ。小春日和は美しかったのではなかったか。立冬。初霜。寒の入り。師走。そして正月。白梅よりも先の紅梅。立春とは名ばかりの寒さ、というものは瀬戸内にもあったはずだ。蓬。土筆。誕生日の頃には沈丁花の香り。そして桜。こうした一連の季節の移り変わりの記憶が、八月六日までのおよそ十か月分、僕にはなにひとつない。

大小を問わずすべての体験が、幼い僕の内部へあまりにも深く浸透したので、中途はんぱな記憶のあちこちに引っかかって残っている、という状態にはならなかったのではないか、といまの僕は思ってみる。縫いぐるみの白い兎との毎日の会話のエピソードが示すのは、幼いなりに困っていたはずの僕の様子だ。どうすればいいのかわからず、そのことを兎に語っていたのではなかったか。良く出来た縫いぐるみは、困っている子供に、やがて真実の一端を教えてくれる。あの兎が僕に教えてくれたのは、瀬戸内の陽に焼けた子供になれ、ということだった。

一九四五年八月六日に関しては、その日の出来事と同時に自分自身についても、鮮明に記憶している。岩国へ移り住んで十か月をへた東京の坊やは、見た目には完璧なと言っていい、瀬戸内の陽に焼けた子供になっていた。宮本常一が撮影した戦後の瀬戸内の写真のどこかに、その僕は写し撮られているのではないかと思うほどに、僕は瀬戸内の子供になりきった。

ボタンなどすべて取れてしまった白い半袖のシャツ。カーキーとオリーヴ・ドラーブの中間のような、国防色と呼ばれた色の半ズボン。必要最小限の要素で成立している、ゴム底にカンヴァスのアッパーの、簡素きわまりない靴。あるいは素足。そして陽に焼けきった子供の体。

この僕は八月六日の朝、午前八時過ぎ、自宅に向けてひとりで外を歩いていた。その時間になぜひとりで外を歩いていたのか。明確には思い出すことは出来ないが、ごく日常的な小さな理由があったのだろう。たとえば前夜を友人の家に泊まって過ごし、朝の八時過ぎに起きて自宅へ帰ろうとしていた、というような。

そのとき僕が歩いていた場所は特定することが出来る。少なくとも地理的には、おなじ場所がいまでもそこにある。JR岩国駅の北側にある駅前広場から、西に向けて直線でのびていく道路がある。国道二号線を越えて立石町をさらに直進すると、やがて道は麻里布川と並行する。川と道路はさらに直進する。やがて橋がある。麻里布川をその北側へ渡る橋だ。この橋を渡って右へいくと、ほどなく山陽本線のごく短い鉄橋をくぐる。

子供の僕が住んでいた祖父の家は、橋とこの鉄橋とのちょうど中間あたりで、川に面していた。鉄橋の下を南側へ抜けてほんの少しだけいったところに、いつもいっしょに遊んでいた親友の家があった。前夜はおそらくその彼の家に泊まった。だから僕は次の日、八月六日の朝、八時過ぎに彼の家を出て、自宅に向かった。

短い鉄橋をくぐり、自宅まであと三十メートルほどのところで、あるとき突然、うしろから前方へ、閃光が走り抜けて消えた。見事に晴れた美しい夏の朝だった。風景のなかに満ちていた真夏の陽光とは明らかに性質の異なる、やや黄色味を帯びた奇妙な光が風景のぜんたいに広がり、歩いていた僕をうしろから追い越して前方へと走り抜け、空中に吸い込まれるかのように消えた。静かな朝のなかを、爆発音も爆風もいっさいなしに、その奇妙な光だけが走っていった。一瞬の出来事だったが、光の走り抜けかたは、一瞬と呼ぶにはほんの少しだけゆっくりしていた、という記憶がある。

僕は振り返った。うしろにある景色のなかに人の姿はひとつもなかった。前方にも人はいなかった。いつものとおりの、ごく日常的な景色があるだけだった。なにの光だったのかわからないままに、僕は自宅へ戻った。そしてその光のことはすぐに忘れた、と思う。広島の上空で炸裂した、アメリカ軍の原子爆弾による閃光だったとは、少なくともそのときは、知るよしもなかった。昼食まで僕は自宅にいて、食事のあと外へ遊びに出た。外でただひたすら遊ぶのが、その頃の僕の日課だった。

自宅の前を流れ、岩国港をへて瀬戸内海へとつながるこの川は、現在の地図では麻里布川だが、僕が子供の頃にその呼び名を聞いた記憶はない。近所の人たちは誰もが入り川と呼んでいた。入り川という言葉のとおり、海の潮の満ち引きに呼応して水位の上下する川だった。潮が満ちて来ると流れは下流から上流に向けて逆流した。満潮は一日に二回あったと思う。もっとも大きく満ちると、水深は三メートルにはなった。二回の満潮のうち一回が夏の午後にあれば、僕の自宅の前を中心にして上下三十メートルほどの幅で、子供たちの遊び場として絶好の、天然のプールとなった。川幅は自宅の前で十二、三メートルあった。水泳を僕はこの川で覚えた。一九四五年八月六日には、その幼い全身がまっ黒に陽焼けした、水泳と遊びの上手な瀬戸内の子供になりきっていたから、僕がその川で水泳を覚えたのは、その年の梅雨が明けてすぐだったはずだ。

陽に焼けた瀬戸内の子供になるとは、とにかく子供として限度いっぱいに遊んでいればそれでいい、という日々のなかにいた、という意味だ。朝、目覚めて朝食を食べると同時に家を飛び出し、昼食に自宅へ戻り、昼食を終えるとふたたび家を出て、夕食の時間までどこでどのように遊んでいるのか、たとえば母親はまったく知らなかった。僕における母親離れは、このような日々のなかで、少しずつ、しかし確実に、おこなわれていった。

八月六日も一日じゅう外で遊んだ。夕方になって遊び疲れて空腹となった僕は、四、五人の仲間とともに、麻里布川の南側に沿った道を、自宅のほうに向けて歩いていった。橋の少し手前、道の南側の縁に、男女を交えた数人の大人が立っていた。道の縁から外は数メートル低くなっていて、山陽本線の線路のある土手まで、畑や池だった。大人たちは東の空を見ていた。美しく晴れた夏の日は暮れようとしていた。まだ青さが残っている東の空に僕が見たのは、まっ黒な雲の塊をいくつも積み重ねて出来た、左右へ少しずつずれて曲がりながら上空に向けて細く立ち上がった雲の柱と、それによって高く支えられた、黒い傘のような雲だった。雲の柱と傘は、動くことなく静かに、東の空に立ち上がっていた。大人たちの視線を東の空にたどって初めて、子供の僕たちはこの異様な雲に気づいた。

原子爆弾、という言葉をそのとき大人たちは使っていた。初めて聞く言葉ではなかった。この日以前に、原子爆弾という言葉を、僕は聞いていた。広島に原子爆弾が落ちた、と道ばたに立っていた大人たちは言っていた。落ちた、という動作の因果関係が理解出来なかった僕は、落ちたとはどういうことですか、と大人たちのひとりに訊いた。大きな四角い下駄を履き、着古しただぶだぶの半ズボンに白い開襟シャツの、陽に焼けて皺の深い痩身の男性が、「爆弾じゃけえ飛行機の上から落としよったのいの」と答えてくれた。

四歳から十三歳までの九年間を僕は瀬戸内で過ごした。前半が岩国、そして後半は広島県の呉だった。生活の状況や環境を子供は選ぶことが出来ない。子供の僕は環境のすべてを受けとめるほかなかった。受けとめたあらゆるものの基本は、いまでは想像もつかない素朴な自然であり、そのなかで子供の遊びをつくす、という内容の日々を僕は送った。このような遊びの日々は、想像力と判断力との、さまざまな状況における全開のトレーニングの日々だった。物心がついていく、という状態がそのなかで始まっていき、その僕がやがて遭遇したのは、オキュパイド・ジャパン(占領下の日本)という性質の日本だった。

空と無

父親が英語、母親が日本語という、もっとも身近にあった言語の二重性は、東京から岩国へと移ったあと、それまでの幼児の段階から、いくつもの段階を急激に上昇することとなった。幼児は成長していったからだ。二重性は言語だけではなく、ある日を境にして、日本そのものが二重になった。戦前から続いていた日本という、日本のどこにでも存在していた日本に、ごく一時的ではあったにせよ、オキュパイド・ジャパン(占領下の日本)という性質の日本が、覆いかぶさることとなった。

敗戦の次の日から、と言っていいほどの突然さで、戦後における父親の仕事はGHQ民生局の現地雇いの職員、というものとなった。戦後の日本を民主主義の国へと転換させるため、アメリカから多数の女性将校たちが送り込まれた。そのうちのひとりの、通訳を含めてあらゆる仕事領域での補佐を、父親は仕事として忙しくおこない始めた。ごく当然のこととして、日常生活はオキュパイする側へと大きく傾いた。これを日常の二重性と呼んでもいい。

こうしたことすべてに関して、子供の僕はなんともなかった。二重性があるならあったでいっこうに構わない、どちらでもいい、という子供の気楽さだ。時によって多少の振れ幅はあったかと思うが、基本的にはどちらも、僕にとっては対等のものだった。あらゆることの根底にあったのは言葉の二重性だが、これはもっとも簡単なことであり、混乱はまるでなく、したがって他のことすべてがそれに準じた、という理解をいまの僕はしている。言葉の習得能力は遺伝であらかじめ伝えられていた。すでに書いたとおりだ。その能力が、環境に対応して、ごく普通に働いただけのことだ。

重なってはいるけれど混乱はしなかった。したがって、どちらでもよかった。とは言え、軸足あっての、どちらでもいい、という気楽さだったはずだ。子供の僕の核心に、より深く届いていたほうがドミナントだったと考えるなら、それは英語のほうだ。なぜ英語だったのか。実用的だったからだ。英語という言葉はアクションに則しているから、という言いかたが出来る。考えるときに使った言葉が、圧倒的な優位を保って英語だったから、と言ってもいい。

具体的な事実関係に則して、そのことだけについて述べる言葉、という性格が英語には強くある。子供の僕はここに、根源的なと言っていいほどの共感を覚えたのではなかったか。事実関係だけを述べるのだから、相手は単なる相手でしかなくなる。相手の属性をすべて削ぎ落とすことが自動的に可能だから、自分が喋る言葉にとって、前方への見渡しや広がりには邪魔がなく、そのことによる快感のようなものが、アクションのしやすさに重なった。

相手との関係には上下がなくなり，水平さだけが残る。言葉にはアクションがともない、そのアクションに際しての心の動きには、上下へのぶれが求められないぶん、水平面での広がりは大きく滑らかとなる。世界を広く見渡すことが出来る。言葉の汎用性がきわめて高い。したがって、抽象性をおびたことや、間接性のあることなどについて、驚くべき語りやすさがある事実に、子供だからこそ、すんなりと気づいた。だから子供の僕にとって英語は使いやすい言葉だった。

日本語には言葉が人それぞれの個人的な体験と結びつくことによる直接性が常にあり、言葉の汎用性がその直接性によって、ことあるごとに邪魔される。その結果として、世界は言葉ごとに限定を受け、見とおしは悪くなる。英語はアクションとその準備のための言葉だ。抽象性をおびたことや間接的なことが言いやすくて初めて、具体性というものが成立する。子供の僕への英語の入力を、父親ひとりに仮に限定して単純化すると、父親のアクションは言葉であり、言葉はそのままアクションだった。それは子供の僕が笑ってしまうほどに一貫して、合目的性へと統制されていた。まず信頼すべきは言葉であり、それを確実に裏付けるのがアクションである、ということだ。

日本語をめぐる母親からの教えは、ひと言で言うならきわめて主観的なものだった。自分が思ったこと、そのときふと頭に浮かんだこと、自分で気になることなどを、そのときどき、とりとめなく、一貫性もないままに、関西弁で命令するかのように僕に喋った。いいときも確実にあったが、母親からの教えは、おおむね反面教師として僕に作用した。

僕がもっとも記憶しているのは、ドッカイリョクだ。読解力、と書く。ことあれば母親は読解力の大切さを強調していた。本を読め、ということだ。常に本を読む人になれ、読んだら正しく理解の出来る人となれ、という教えだ。そのことをとおして自分を作っていけ、というような意味も含まれていたのだろう。「本、読まへんかったらなあ、しまりのない表情の、阿呆面になんねん。あんたも、どっちゃねん言うなら阿呆面やさかい、読むことを怠らず、ぎょうさん読まなあかんなんで。本やったら、なんぼでも買うたるさかい」という読解力の呪文は、しかしいまでも僕のどこかで残響している。

母親がしきりに言った、読む、とは黙読のことでもあった。その限りでは母親の言ったことは一貫していた。いつもおなじ忠告を繰り返していたのだから、全体性のようなものはそこにはなく、見とおしもなかった。読むだけで充分だったようだ。書くのはまったく別のことだ、と考えていたようだ。書くにあたっては文才が必要である、というようなところへ一足飛びにいき、その文才なら母親である私から引き継いでいるはずだ、という楽観のなかにいた。文才というものを僕が自分に感じたことは、これまで一度もなかった。

母親は毛筆を多少はこなした。毛筆による文字は人に褒められていたようだ。硯や筆をたくさん持っていて、ときたま硯で墨を擦っては、巻紙に細い筆でなにごとかをしたためながら、ひとり悦に入っていた。なにかの風の吹きまわしで、僕に筆で文字を書かせたことが一度だけあった。「こらあかんわ」というひと言で、紙に文字を書くということの意味の、母親から息子への伝承は、それっきりとなった。

原稿を僕は少なくとも三十年間は手書きした。そのうちの前半は自分の書く文字が嫌いで、原稿用紙の枡目いっぱいに字画を引きのばした、デザイン的な文字を書いていた。しかしこれは疲れる作業だった。三十年間の後半になると、なんの無理もしていないほどよく小ぶりな文字を、枡目ごとにそのまんなかに書くことが出来るようになっていた。とは言えそれは、金釘流に丸文字を掛け合わせたようなものだったのだが。

英語はアクションに則した言葉だ、とさきほど書いた。則しているだけではなく、言葉そのものがアクションでもある。黙読するよりも音読したほうがいい。いいとは、そのほうが、のちのち自分のためになる、というような意味だ。音読したほうが英語として正しいからだ。そしてせっかく音読するなら、椅子にすわったままではなく、立ち上がったほうがいい。立ち上がるだけではなく、歩きまわるとなおいい。身ぶり手ぶりが加わると、さらに好ましい。こうしたアクションは英語のリズムと連結している。正しいリズムに体は逆らえない。正しいリズムであること、という厳しい注意書きつきで、体が覚えるとはこういうことだ。喋るときでも、喋る内容にアクションが同調していると、話している内容は難なく伝わる。

父親に関して思い出すことのひとつは、彼がなぜか常に打っていたタイプライターの音とリズムだ。音そのものは、ご苦労さんなアナログ機械の音だったが、その音は当時なりにアメリカの音として仕上がっていた。英語の人がタイプライターを打つと、その音のリズムは英語のリズムになった。タイプライターという機械で英語の文章を綴っていくときのリズムだが、そのリズムは英語の文章が内蔵しているリズムだ。

おなじく父親の得意技のひとつは、これがきみにわかるかい、と英語の文章を見せては僕をクイズすることだった。六歳の夏のある日、岩国の家の離れで受けたクイズの内容を、いまでも僕は記憶している。なにかの英字新聞を折りたたんで持ちやすくしたまんなかに、連載コラムが罫線によって囲まれていた。当時のアメリカで大きな人気のあった、ベネット・サーフというコラムニストの連載だった。読む人を笑わせつつもなにほどか感銘のようなものも感じさせる、さまざまなアネクドートを軽妙に綴っていく文章を彼は得意としていた。これが笑えるかい、と父親が僕に読ませた文章は、あまりにも馬鹿馬鹿しかったので、いまでも覚えている。

メキシコの貧しい少年ホセ(ホゼーイ、とでも書くべきか、と思う)が、カリフォルニアの白人中流夫妻の養子になる。さあ、この聡明そうな少年を立派なアメリカ人に育てるぞ、という純粋な熱意に燃えた夫妻は、その少年をビッグ・リーグのボール・ゲーム見物に連れていく。力強いプロフェッショナル・ボールプレーヤーたちの素晴らしい試合を堪能して、夫妻は少年とともに自宅へ帰る。彼ら夫妻のところにメキシコの少年が養子で来たことを聞き知った知人が、彼らを訪ねて来る。そしてその知人は問題の少年を目の当たりにする。見るからに賢こそうな少年ではないか。

「そうかい、ボール・ゲームへいって来たのかい、それは良かった。どうだったい、アメリカのビッグ・リーグの野球は。存分に楽しめたかい」という知人の言葉に対して、「それはそれは、感激しました」と、少年は純真に言う。「試合が始まる前にみんなが立ち上がり、いっせいに僕の名を呼び、ホセくん、見えるかい、と訊いてくれたのです」

僕は笑うことが出来た。笑う他ない。そのことに父親は満足そうにしていた。きわめて単純な語呂合わせで笑わせる話だが、その笑いと同時に、感銘のようなものすら感じさせるところが、人気コラムニストとしての巧みさだったのだろう。このようなクイズを父親からいったい何度、僕は受けたことか。

自分のものとして使う言語によってその人の思考がきまっていく、と言われている。その言語が世界をどのようにとらえ、それをどんなふうに言いあらわす能力を持っているのかという問題が、そっくりそのまま、その言語を使う人の世界のとらえかたと言いあらわしかたになっていく、という意味だ。森羅万象を最小単位まで切っていき、それぞれに対して言葉をあたえると、そこに単語というものが生まれる。だから単語はどれもみな、最小単位まで切っていかれる以前の、森羅万象を背負っている。この事実はどの言語においてもおなじだ。世界をどうとらえてどのように言いあらわすか、ということのぜんたいは、その言語を自分のものとして使う人たち全員にとっての、暗黙の了解というもののなかに隠れている。外国語の学習者は、こういうものを相手にしなくてはいけない。

岩国へ移ってからも、僕の東京言葉はそのままに続いた。母親そしてその他の大人たちと話をするときには、東京言葉を使ったからだ。僕が東京から来たこと、そして岩国にいるのは一時的なことなのだと、身辺の、あるいはかなり距離のある近所の大人たちの、誰もが知っていた。だから彼らに対する僕の言葉は、子供の使う東京言葉でなんらさしつかえはなかった。

しかし子供どうしでは、岩国へ移った明くる日から、僕はその土地の方言を喋った。東京の坊やの「ぼく」は、そこでは「わし」なのだった。子供どうしの遊びをとおして、当時の瀬戸内という自然環境のなかに入っていくためには、方言は喋らざるを得なかった。喋らざるを得なかった、と書くと嫌だったけれどもしかたなかったのでそうした、という意味になるかもしれないが、そのまったく反対の、自ら飛び込むかのようにして喋った方言だった。秋に岩国へ移り、その年のうちには、方言のきわめて達者な喋り手となった。瀬戸内とそこの言葉は緊密に一体であり、そのなかに身を置く自分にとっての、生存の土台であった安心感や安定感などは、方言という種類の日本語から発生していた。

麻里布川に面した岩国の自宅の二階には大きな窓があった。木製の手すりがすぐ外側にあり、窓枠と一体になった部分には、幅は狭かったけれど腰を降ろすことが出来た。ここで外の景色を見るのは、ひとりで過ごす時間として、僕の好きなことのひとつだった。視界ぜんたいのなかに、いい景色があった。目のすぐ下にある麻里布川とその対岸の土手道。その向こうにある畑や池。そして山陽本線の走るかなり高くなった土手。それらを越えてさらに向こう、海と接するあたりには、戦前から地続きの、しかし戦後の、ほとんど手つかずの、牧歌的な田舎の景色だけがあった。

この窓からの視界の、右側の上端、見えそうで見えない距離ないしは位置に、岩国駅があった。そこから視界のなかを直線で斜めに向けて延びていた山陽本線は、麻里布川にかかる短い鉄橋を越えたすぐあと、川に沿っていた自宅前の道をも、おなじように短い鉄橋で越えていた。道を越えていくほうの鉄橋は、窓から体を乗り出せば見えた、という記憶がある。

東へと向かう貨物列車を、つまり上りの貨物列車を、一日に何度も見た。客車よりも貨物列車のほうがはるかに多かった。下りに関しては、貨物も客車も、僕の記憶のなかでの印象はごく淡いものだ。長い編成の貨物列車が、常に東京の方向へと、景色のなかを走っていた。ワム、トム、キハといった片仮名の記号が車体側面に読める、近くもなければ遠くもない、絶妙な距離だった。いろんな季節のさまざまな光のなかで、僕はこの景色を見た。黒煙を噴き上げる蒸気機関車が長い貨物列車を牽引して、梅雨の雨のなかを東へと向かう様子は、いま思えば、まさに戦後日本の復興の景色だった。

敗戦の次の日から日本では復興が始まった。これは小学校一年生だった僕の体感だ。現実の動きは後年になって推測するものよりずっと速いし、その動きには力が満ちていた。敗戦で方向を見失った日本人は完全に虚脱してしまった、というとらえかたを僕はこれまでしばしば読んだけれど、これはずっとあとになって作られた、きっとそうであったに違いない、という種類のフィクションだ。

戦争は終わり、それを遂行していた軍事国家は消えた。行政の怠慢と力不足、見通す力量のなさなどを主たる原因として、食料を含むあらゆる生活物資は極度に不足していた。戦中そして戦後の人口の大移動がそこに重なり、戦後の日本がかなりのところまで混乱したのは確かだろう。しかし、それまで人々の頭上に重くのしかかっていた巨大な暗雲はなくなったのだから、当時の大人たちはたいそう楽な気持ちでいたのではなかったか、と僕は思う。気持ちは楽だったからこそ、敗戦の明くる日から、彼らは復興に驀進することが出来た。

その大人たちは目の前のことをこなすのに手いっぱいであり、子供たちはおおむねほったらかしだった。僕が体験したこの頃の瀬戸内は、米軍によって爆撃された工場の廃墟を別にすると、戦前の日本からまさに地続きの、牧歌そのものの世界だった。牧歌的であろうと腐心した結果の牧歌ではなく、そのようなことはまだ思ってもみないゆえの、きわめて素朴な、純粋に牧歌的な世界が、いたるところにあった。そしてそこは、子供が遊びを工夫しては夢中で遊ぶのに、最適な場所だった。遊びと家の手伝い、つまりほぼすべての農作業が、生活のぜんたいとなった僕は、そこで楽しい快適な日々を送った。

好きな日本語

「ん」を自分のものにしたのは、いつ頃だったか。いまの僕が使うのとほぼおなじ「ん」を自分のものとして持つにいたったのは、たどりようのない記憶を少しだけ無理にたどると、十二、三歳の頃だったのではなかったか。「ん」とは、アイウエオ図五十連音の五位十行に入らず、ひとつだけはみ出しているあの「ん」のことだ。

僕が使うほとんどの場合、この「ん」は音声としての日本語だ。ごく普通の状況での音声を平仮名で書くと「うん」となる。しかし言いかたにはいくつかある。明るく肯定的に、力を込めてはっきりと、そして短めに「うん」と言い切る言いかたが、もっとも標準的な「うん」だろう。子供の頃の僕がまず最初に覚えたのは、このような「うん」だったはずだ。幼い男のこによる、前進的な肯定のひと言だ。

ふたつ重ねる「うん、うん」や、三つ重ねる「うん、うん、うん」などを、僕はいまでも使わない。音譜にするとやや低い位置で、「うーん」あるいは「んーん」と、音を引っ張る言いかたもある。なにほどかの留保をつけた上での、気持ち半分ほどの肯定、さらには、それを少しだけ越えて、いまのところ自分は不賛成かな、という立ち位置を、このような言いかたによって相手に伝えることが出来る。語尾を上げて、「ん？」と、質問形にすることも出来る。

いまでも日常的におそらく多用していはずの「うん」には、僕の場合、おおまかに言って以上の三とおりがある。応用や活用の幅はさして広いわけではないが、少なくとも日常的にはきわめて便利であり、それゆえに幼い頃に身についた日本語だ。「ん」に関して僕は日本人だと言っていい。

日本にしばしば来ていた頃には毎日のように会い、結果として友人のようにつきあっていたアメリカ人のジャーナリストの男性が、有楽町の外国人記者クラブで僕と気楽な夕食をとっていたとき、話題の途切れ目で彼がふと言ったのは、この「ん」をめぐる次のような感想だった。「きみが日本の人たちとカジュアルに話をするとき、きみは「ん」という音を頻繁に用いるけれど、この音は僕にとってはじつに奇妙なものだよ」

奇妙とは、そのときの彼の言葉では、strangeだったが、不快だ、不気味だ、不可解だ、嫌いだ、というような意味であり、「ん」という音は自分をuncomfortableやuneasyにさせる、とも彼は言った。彼以外にふたり、おなじアメリカの人たちに、僕の「ん」に関して率直な意見を求めたところ、ほぼおなじような反応が返ってきた。

外国の人たちと日本の人たちとの日常的な接触は、深さや浅さの違いはいつまでも残るとしても、接触そのものはごく日常的なものになりつつある。外国の人たちがいるところでは日本語の「うん」は使わないほうがいいかもしれない、という意見は成り立つだろう。英語圏から商談に来た外国の人と話をしている日本の部長さんが、脇にぴたっとついた課長さんから助け船を出してもらっているとき、日本語の小声で喋っている課長さんに、「うん、うん。うん、うん」と、「うん」の連発で部長さんが相槌を打つ光景は、純粋に日本的な光景であるようだ。

「ん」とは、なにか。上代の日本語に「ん」はあったか、なかったか。なかった、という説の人たちは、「ん」を外国語の音だととらえている。片仮名の「ン」が日本語の表記のなかに最初に登場したのは一〇五八年のことだったという。僕が気楽に多用してきたような音とはまるで違っていて、「ン」は本来は音の撥ねを示す記号だった。「ン」に近いものとして、「ム」というのもあったようだ。長い時間のなかでそれらが変化していき、やがてひとつの音になったのだが、それがいつ頃だったかは不明だ。「ン」という表記でカヴァーされる音の幅は、かなり広かったようだ。

平仮名の「ん」があらわれたのは一一二〇年だったという。表記のなかに最初にあらわれたものとして、いまから資料をさかのぼって突きとめることの可能な、もっとも古いものは一一二〇年のものである、ということだろう。平仮名表記された「ん」がどのような音だったかは不明のままだ。文字によって初めて表記されたのがいつであったかは、突きとめることが出来る。しかし、その文字がどんな音だったかに関しては、推測しかないということだ。

『ん——日本語最後の謎に挑む』(山口謠司、新潮社、二〇一〇年)という著作はたいそう興味深い。この本に書いてあること、そしてそれを読むことによって僕が発想したことなどを、ここから先に書いていくことにしよう。

「ん」の音は日本人の発音のなかではたいそう幻性を有したなおかつ異様な性質を持っている、と幸田露伴は書いているそうだ。この「ん」の音が日本語を変化させたり混乱させたりしている、とも書いたという。

大昔に始まったときの日本語は、平仮名表記による清音の言葉だった。清音とは濁音に対立する言葉だ。清音の言葉だったとは、そこに濁音はなかった、という意味だ。最初の日本語には濁音はなかった。そうだったかもしれないなあ、という思いが僕の意識のなかで遠い遠い過去へとのびていく。

日本語本来の音である清音に、いわゆる後発のものとして、さまざまな濁音があとから加わった。日本語の核である清音を、濁音が何重にも取り囲んでいる、というとらえかたに対しても、僕の内部に埋め込まれている遠い過去が、かすかに、しかしはっきりと、呼応するのを僕は感じることが出来る、と思いたい。

清音を何重にも取り囲んでいるさまざまな濁音は、時代の進展とともに日本語の外から入ってきて、清音の日本語がしかたなくそのなかに取り込んだものだ。取り込むことが留保されているものが、いろいろとある。片仮名書きの擬音や擬態語、そして外国語などだ。留保されているもののいちばん外側に外国語があり、それは日本語という清に対する濁のきわみだという意見は、日本語と外国語、という広い問題の核心を突き刺している、と僕は感じる。

あうんの呼吸、という言いかた、そしてその言いかたがあらわす関係、というものがある。あうんとは、阿吽と書く。僕がいま使っているワード・プロセサーでも、あうんと入力して阿吽と正しく変換することが出来る。「あ」と「ん」だ。始まりと終わりではないか。それがひとつにつながって、呼吸となっている。呼吸とは、主としてふたりの人たちのあいだにある関係のことだ。おたがいになにも言わなくても、微妙なところまでよくわかり合える関係、などと説明されることが多いが、クリエイティヴなアイディアが次々にやりとりされては、なにごとかが新たに作り出されていく関係、と理解したほうがいい。清を光、そして濁を影だと仮定すると、その両者がつながれることによって、薄明かりの世界が生まれ、それが「ん」によって象徴されるという意見もある。

幼い僕は、なんの無理もせず、ごくさりげなく、いつのまにか、「うん」という日本語を、自分の言葉のひとつとして採択した。ひょっとしてその「うん」は、yesの代替品だったのだろうか、といまの僕は推測する。相手の言ったことに対するとっさの肯定ではあっても、yesよりも「うん」のほうが気楽である、という発見をしたのだったか。

Yesというひと言をめぐるストレスというものは、充分にあり得る。言いかたによっては、なんですか？　そうかなあ、わかったわかった、ちょっと待ってくれよ、といった意味になる状況はあるけれど、いったんyesと言ったなら、輪郭も平面も角も、すべてくっきりと際立って自分を取り囲み、そこからは逃げようがない。そのようなyesよりも「うん」のほうが、はるかにゆるやかで柔らかい、というような発見を子供の僕はしたのだろうか。

イエスとノーのどちらかに割り切ることの出来る世界が世界のすべてではない、いまにわかにはそのどちらとも言えない中間の世界こそ世界そのものなのだ、という意見はしばしば耳に目に届いてくる。僕としては、そんな世界があるのかなあ、と思う。肯定でも否定でもない世界とは、いったいなになのか。さきほど光と影を比喩に用いたが、光と影とのあいだに横たわる、さまざまに微妙な階調の薄明かりは、その場所がいまどのくらい明るいのかという、物理的な問題としてはあり得る。光がほとんどない、もはや影だけのような否定というものは、どのように機能する否定なのか。

アメリカの友人がほぼ極限まで嫌った「うん」とは、その場ではけっして肯定も否定もしない、したがってどこまでいっても留保でしかない「うん」だったか。そのような「うん」を僕は使わない。僕以外のいろんな日本の人たちから、留保でしかない「うん」をさんざん受けとめた彼は、そのような「うん」に対して高まった嫌悪の気持ちを、言いやすい相手であった僕にふと言ったのか。

英語のYesにくらべると、日本語の「うん」は不定型で柔らかい、ということは僕も感じている。しかし、「うん」というひと言ないしは一音が、その意味するところにおいても、不定型で柔らかい、とまでは思っていない。ただし「うん」という音は好きであり、言いやすくもあるから、一種の語呂として「うん」という音声を採用しているのであり、意味するところはyesとおなじだと、当人は思っている。「うん」とは、僕にとっては、日本語の音声の調子を整えるリズムの中心点のようなものだ。

『ん——日本語最後の謎に挑む』のなかから次のような文章を僕は引用する。

もしも日本語に「ん」がなくなったとしたら、我々はおそらく日本語のリズムを失い、日本語が持つ「情緒」と「システム」を繋ぐ糸を断ち切り、日本のしっとりとして深い文化を、根底から崩壊させることになるのではあるまいか。

「ん」は、じつは言語としての問題以上に、より根源的な日本の精神や文化を支える大きな礎石だったのである。

この引用のなかにある「日本語のリズム」とは、間をはかる、ということではないか。そして、間をはかるとは、当事者間で肯定されている関係がどれほどに円滑なものとなるのか、その円滑さを調整することだ。音声としてはすべてを整えるリズム、そして意味としては肯定という、ふたつの機能を持つ「うん」と、単なる言語としてのyes。僕にとっての「うん」とyesとは、おそらくこういうことなのだろう。

II

ペイパーバック

日本敗戦の翌年の春先から、岩国の自宅にアメリカのペイパーバック本が目立ち始めた。ふと気がつくと家のなかのあちこちに、ペイパーバックを積み上げた柱が何本もあった。占領アメリカ軍で仕事をしていた父親が、仕事の現場でいろんな人たちからもらったものを、自宅へ持って帰っていたからだ。人が読んだもの、人が捨てようとしていたもの、基地のいろんなライブラリーや施設が廃棄しようとしたものなど、もらえるものはすべてもらい受けて自宅に持ち帰っていた。自分で読むわけでもなく、とにかくそれは本だから捨ててはいけない、捨てるなら自分がもらう、という方針だったようだ。

いったん自宅に持って来たなら、それはそのままそこにあり続けたから、父親がもらって来れば来るほど、ペイパーバックは増えていった。あまりにも増えた結果として、自宅のあちこちにある様子が目ざわりになり始めたから、ある日のこと、僕はすべてのペイパーバックをひとつに集め、部屋の隅に積み上げてみた。その体積は幼い僕の体積の数倍はあった。そして一か所にまとめると、当然のことだと思うが、そこにはひとつの世界が出来た。英語のペイパーバックとしてアメリカで出版されたもの、という世界だ。かなりの冊数が部屋の壁に沿ってひとまとめになることによって、それはアメリカのもの、という性質はくっきりと際立ち、そのことに子供の僕は感銘のようなものを覚えた。

父親がこまめにもらって来たから増えていったペイパーバックだったが、当時のアメリカで出版されていたペイパーバックの数それじたいが、すさまじいものだったことを僕は知らなかった。ペイパーバックで出版されたものの点数と累計冊数は、半端なものではなかった。戦後日本の片隅で、僕の家にペイパーバックが増えていった最大の理由は、そこにあった。

ポケット・ブックというよく知られたブランドのペイパーバック叢書は、一九三〇年代の後半に創刊されてからある時期まで、一冊ごとに通し番号を印刷していた。表紙のいちばん上に赤いインクで印刷された通し番号は、一九四五年には九桁になっていた。九桁とは一億数千万であり、これだけの数になると、一冊ごとの通し番号を表紙にいちいち印刷することに、ほとんど意味はなかった。だから一億数千万をかなり越えたところで、通し番号の印刷はされなくなった。印刷されなくなった直後のあるポケット・ブックでは、それまでは通し番号のあった位置に、すでにして一億六千万冊を売り上げたポケット・ブック、という宣伝文句が印刷された。戦後のごく早い時期に、ひとつの叢書だけでこれほどの数でペイパーバックは市場に放たれたのだから、子供の僕が住んでいた家にも、アメリカと直接につながっていた父親をとおして、幼い僕が驚くほどにペイパーバックが集まっても、じつはそのことに不思議はなにもなかった。きわめて単純に、それは物量の問題だった。

自宅にいつもあって当然の、しかも大量にあるペイパーバックは、子供の僕にとってはまず遊び道具のひとつだった。雨の日の午後、友だちとペイパーバックを積み上げて遊ぶだけで、かなり楽しむことが出来た。一冊ずつ丁寧に積んでいき、倒れることなくどこまで積み上げることが出来るか、という遊びが最初にあった。自分の背丈を越えると急に不安定になったのを、いまでも覚えている。三列にぴったりくっつけて積んでいくと、三列がおたがいに支え合う結果として、天井に届くまで積み上げることが出来た。なにも邪魔なものがない板張りの部屋で、僕はこちらの隅から、そして友だちは斜め反対側の隅から、それぞれ腕にかかえ持ったペイパーバックを、一冊ずつ隙間なく敷きつめていく。どちらが早くフロア面積の半分以上に、ペイパーバックを敷くことが出来るかどうか。

東京大空襲を五か月ほどの差で瀬戸内に逃れた僕は、十歳まで岩国で過ごした。岩国から広島県の呉に移ったとき、トラックに積んだ引っ越し荷物でもっともかさばり、しかも個数が多かったのはペイパーバックだった。占領米軍が使用済みとして廃棄した頑丈きわまりない段ボール箱にいくつも、僕はペイパーバックを詰めた。そしてそれらの段ボール箱は引っ越し荷物には加えることが出来ず、前もって別送した。

十三歳の夏の終わりに呉から東京へ戻った。このときにはペイパーバックはさらにその数を増やしていたが、無事に東京の家に落ち着くこととなった。使用頻度のもっとも低い部屋の、いちばん邪魔にならない壁をひとつもらい、その壁に寄せて僕はペイパーバックを積み上げた。壁と接する列は僕の背丈とおなじにし、そこから外に向けて二列目、三列目、四列目と、積み上げる高さを少しずつ低くしていくと、積み上げたペイパーバックの山はもっとも安定するのだった。

父親は依然としていろんなところからペイパーバックをもらい続けた。当時はまだ日本のいたるところにあった米軍基地から、見慣れた段ボール箱に入ったペイパーバックが、三箱、四箱と届くことがしばしばあった。そして僕は買うことも始めた。世田谷区の代田というところに住み始めた僕は、自宅から歩いて五分のところに古書店を発見した。間口が一間あるかないかの奥に向けて細長い店で、人ひとり分より狭い通路をはさんで両側に高い棚があった。入口のガラス戸の外の左側には、店の外の軒下のようなスペースに箱がいくつか出してあった。傷んだ漫画本、家庭雑誌の付録、講談読み物雑誌、子供雑誌の付録などが、雑多に入れてあった。この箱のうちのひとつに、二十冊ほどのペイパーバックがあった。

なぜこれがこんなところに、と僕は驚いた。小さな古書店の店先に、買い手のほぼなさそうな雰囲気も濃厚に、アメリカのものであるペイパーバックが、投げ出したかのように置いてあるではないか。あまりにも驚いた僕は、そのときその店にあったペイパーバックをすべて買った。歩いて五分の自宅へ持って帰り、使わない部屋の壁に沿って何列も積み上げてあるペイパーバックに加えた。加えたそのとたん、古書店の店先で発見して驚いたペイパーバックは、他の数多くのペイパーバックといっしょになって、アメリカのものに戻った。

探すまでもなく古書店は他にもたくさんあった。歩いてちょうどいい距離の下北沢には四軒あり、どの店にもペイパーバックが置いてあった。日本の東京の世田谷というところの片隅の古書店に、アメリカのものであるペイパーバックがきわめて平凡に売られている事実、そして、これを下さいと言って一冊につき五円や十円を支払えば買うことの出来る事実が面白く、僕はペイパーバックを買い始めた。何軒かの古書店を定期的にまわっては、店に出ているペイパーバックを買うのだ。どの店でもそのときそこにあるすべてを買っても、次にいけば何冊かかならずある様子は、常に驚きの対象だった。

東京に戻って一年後、十四歳になった僕はいっぱしの買い手だった。買えることが面白くて買うのだから、どれを買うか選んだりはせず、そのとき店にあるものをすべて買っていた。どの古書店の店主とも僕は顔なじみになった。相手から話しかけられれば僕はきわめて気さくなのだが、そうでなければいくら顔なじみでも知らん顔をしているのが、当時の僕のスタイルだった。そんな僕がときたまふらっとあらわれては、店にあるペイパーバックをすべて買っていくのだから、十四歳の僕は古書店の店主たちにかなり印象深く記憶されたのではなかったか。こういうのを買ってくれるのは坊やだけだからと言って、紅梅キャラメルをひと箱くれた店主を僕は覚えている。紅梅キャラメルの工場は世田谷の松原にあった。そこから歩いて十二、三分のところにあった古書店だった。

子供の頃の僕の行動半径は、世田谷代田、下北沢、池ノ上、駒場東大前、渋谷、三軒茶屋、経堂、豪徳寺、明大前、下高井戸といった、けっして広いとは言えないものだった。しかしこの範囲内に古書店は何軒もあった。どこの町でもあちこちに古書店があった時代なのだろう。日本の戦後は早くも十年目へと接近しつつあったが、どこの古書店に入っても、そこにはペイパーバックが置いてあった。

売れそうにはないたたずまいには、売れることを期待していない店主の気持ちが重なっているように見えた。しかし、ペイパーバックは置いてあった。本だから、という理由だろう。店主にとってペイパーバックは商品としてかなり低い位置のもの、あるいは無視したいものだったはずだが、本であることは確かであり、したがって客が持ち込めば買い取ったし、商品として店に置いておくこともした。それは英語の本でもあることだし、という気持ちもほんのりとは作用したはずだ。

当時の世田谷区や渋谷区の古書店に出ていたペイパーバックは、そのほとんどが、ワシントン・ハイツから出たものではなかったか。僕はここをしばしば訪れていたが、町の古書店にあるペイパーバックとワシントン・ハイツとを結びつけることは、ごく最近まで出来ずにいた。ふた月ほど前にあるだけ買っていったのに、いま来てみるとこんなに入荷して棚にあるという体験を、行動範囲内の古書店でいったい何度、楽しんだことだろう。

ワシントン・ハイツの外の普通の住宅地にも、アメリカの人たちが思いのほかたくさん、家族とともに住んでいた。たまったペイパーバックを捨てると日本女性のメイドが近所の古書店へ持っていく、あるいは、引っ越すので捨てていくことになった本や雑誌を、メイドが古書店に頼んで引き取ってもらう、というようなことがよくあったのだという話を、いつだったか、誰からだったか、僕は聞いたことがあった。どのくらいの量があるのかをメイドから聞いた店主は、風呂敷を二、三枚もって徒歩で、あるいは自転車で、気楽に買い取りにいった。

そんなふうにして、ペイパーバックとともに雑誌も、かなりの量があちこちの古書店に買い取られたはずだ。家庭雑誌、ファッション雑誌、映画雑誌、実話雑誌、リーダーズ・ダイジェストなど、さまざまな領域の雑誌があったと想像出来るが、特にファッション雑誌には熱心な買い手がいたという話も、聞いたことがある。古書店をめぐってアメリカのファッション雑誌を買い集め、女性の洋服を作っているメーカーへ持っていくといい値段で買ってくれた、というアルバイトを二年ほど続けた人から聞いた話だ。戦後日本の若い女性たちのファッションは、米軍基地で読み捨てられ塵として捨てられた雑誌を回収し、洋服メーカーあるいはその業界の関係者に売るという、廃品の再利用ルートから立ち上がっていったという話は、東京伝説として充分に面白いし現実にそのとおりだったようだ。

最新のスタイルの型紙がついている服装雑誌には、コピーや応用の源として特別な価値があった。着こなしの現実でのお手本は、間接的にはアメリカ映画、そして直接的には、GHQ民生局に配属された若い女性将校たちだったという。やや太いけれどもヒールの充分にあるパンプス、光を受けて輝くナイロン・ストッキング、タイトぎみで短めのスカート、肩に大きくパッドの入ったジャケット、鮮やかな化粧、パーマネント・ウェーヴの髪、小粋にかぶった帽子、さっそうとした雰囲気、堂々とした立ち居振舞いや歩きぶり、明るい屈託のなさ。こうしたスタイルを戦後の日本でまっさきに取り入れたのは、街娼たちだったと言われている。

そして僕は、最初から売れ残る運命のペイパーバックを、あちこちの商店街の古書店をめぐっては、買い集めていた。大きな風呂敷を半分に折り、短い一辺と縦の一辺をミシンで縫うと、細長い袋が出来る。ペイパーバックを底から詰めては肩にかけるのに、たいそう都合が良かった。たくさん買えた日には肩に担げないほどに袋はいっぱいになり、抱きかかえて自宅へと歩いた。古書店めぐりを始めてから一年もたたないうちに、僕は自転車を使うようになった。氷屋で譲ってもらった中古だが、たいそう堅牢なよく走る自転車だった。

世田谷の古書店

まぎれもなくアメリカの物であることを越えて、アメリカそのものであるペイパーバックが、世田谷区のあちこちの古書店で買えるという事実は、子供の僕にはたいそう面白いことだった。とおりかかった古書店にふと入ってみると、何冊かのペイパーバックがほぼかならずあった。あるからみんな買う、ということが面白くて、買うことを僕は何度も繰り返した。一冊が五円から二十円だった。当時のものが何冊も、僕のペイパーバックの山のなかにある。裏表紙の右肩に、あるいは左肩に、店主が鉛筆で書きつけた10、20といった数字を、いまも見ることが出来る。

買えることが面白くて買った。買う、ということが楽しくて、いつも店にあるだけ買った。占領アメリカ軍のさまざまな施設から、なんらかのかたちで放出されたペイパーバックだった。それが世田谷のあちこちの古書店に引き取られ、売れる当てのほとんどない商品として、いくたびに何冊か入荷しては棚にある、という経路の面白さを当時の僕が感じていたかどうか。連想はそこまでは届いていなかったような気がする。

買って来たペイパーバックは、そして父親がもらって来るペイパーバックは、それ専用となった部屋の壁に寄せて、腰の高さほどに積んだ。ふたつ、そして三つの壁が左右いっぱいに、ペイパーバックの列でたちまち埋まった。列は二重に、三重にとなっていった。ペイパーバックが増えていく事実を、部屋のなかの景色として具体的に目にすることが出来た。増やそうという意思はなかったのだが、買えば増えていった、そしてそのことが楽しくて、さらに買った。

壁に寄せて腰の高さまで積み上げたペイパーバックの列によって、六畳ほどの広さの板張りの部屋の床面積は、占拠されてしまうこととなった。腰の高さにまで積んだペイパーバックの列でひと部屋が埋まるまでになると、僕のほうにも変化があらわれた。古書店をめぐっては買い集める行為は、一見したところ積極的な能動の行為に思えるが、店にあるのを買うだけなのだから、じつはきわめて受動的な営みだった。この受動性の核心となっていた、面白いからただ買い集めるだけという単純さに、当時の僕なりにニュアンスの重層性が加わり始めた最初の出来事は、部屋を埋めているペイパーバックを出版社別に分類して積み分けることだった。

当時のアメリカのペイパーバックには出版社ごとの名称とマークがあり、その特徴ないしは個性はどれもはっきりしていたから、出版社の違いは遠目に見ても正確に識別することが出来た。ポケット・ブック。シグネット。ポピュラー・ライブラリー。デル・ブックス。エイヴォン。バンタム・ブックス。ゴールド・メダル。エース・ダブル・ブックス。もっと他にもあったが、中心となっていたのは以上のような叢書だった。僕は整理魔ではないし、出版社別に分類することに意味はほとんどないとは思っていたが、買い集めたペイパーバックを一冊ずつ手に取っては観察し、一冊ごとに自分になじませていく営みの最初の段階として、出版社別に分類することを僕は思いついて実行に移した。

無秩序に積んであるだけだったペイパーバックは出版社別という秩序を獲得した。その秩序をもたらした当人であった僕は、数多くのペイパーバックに対して、自分の手で分類されたがゆえの、それまでとは異なった種類の親しさの感情を抱くようになった。だからそれ以後の僕は、ペイパーバックにしばしば手を触れるようになった。ペイパーバックで埋まっている部屋にひとりですわり、出版社別に整理されたペイパーバックを一冊ずつ点検することが、日課のようになった。

ぜんたいの感触や雰囲気を吟味し、表紙絵やデザインの出来ばえを確認し、本文用紙の手ざわりを楽しみ、本体の最初のページや裏表紙に印刷してあった短い文章を読んだりした。裏表紙に印刷してあったのは簡にして要を得た内容紹介であり、読者となるべき人たちの気持ちを煽るような宣伝文句でもあったという、それなりに良く出来た宣伝コピーだった。こうした作業を一冊ずつ丁寧にこなしていくための材料として、買い込んだペイパーバックの冊数に不足はなかった。

余興のように楽しめるいくつかの遊びを僕は発見した。そのうちのひとつは、積み上げてあるペイパーバックのタイトル背文字を頼りに西部劇小説だけを抜き出す、という遊びだった。抜き出す精度は百パーセント近かった。この遊びの結果として、西部劇小説は独立したいくつもの列として積み直された。

こんなふうにしてほとんどのペイパーバックにまず最初の点検の手を触れ終えた頃、部屋のなかで僕を取り巻いていた数多くのペイパーバックのぜんたいに対して、僕の気持ちはさらに次の段階へと変化した。買い集めた何冊ものペイパーバックの一冊一冊、そしてそのぜんたいは、なんという不思議なものだろう、と僕は感じ始めた。

ペイパーバックは要するに本だ。何枚もの紙をページとして膠のような糊で一冊に綴じたものの背に、薄いボール紙の表紙が貼りつけてあるという、ごく簡単な作りだ。しかしどのペイパーバックのページにも、最初から最後まで、英語の文字がびっしりと印刷してあった。文字とは言葉であり、その言葉はでたらめにならんでいるのではなく、小説あるいはノンフィクションを問わず、発端から結末まで終始一貫して、緊密につながるべくしてつながった何万語もの言葉がひとつの世界をかたち作り、ひとつの物語を物語っていた。どのペイパーバックのなかにもそのような世界や物語があった。これはいったいなになのか、という心の底からの驚きを、自宅にあったペイパーバックのぜんたいに、そしてその一冊ずつに対して僕は覚え始めた。

まず最初に深く大きく驚かないことには、なにごとも始まらない。ペイパーバックに対して僕が覚えたこの驚きから、なにが始まったのか。僕が始まった、としか言いようがないから、そのとおりに書いておくことにしよう。これはいったいなになのか、という驚きとほぼ同時に僕が感じたもうひとつのことは、ペイパーバックというものが体現している豊かさだった。どの一冊にも言葉つまり内容が、ぎっしりと詰まっていた。数あるなかにはその出来ばえに多少の差はあったにしても、ぜんたいとしては恐ろしいまでに豊かな世界に自分は囲まれているのではないか、と僕は感じた。

内容は千差万別で、ありとあらゆることがペイパーバックになっている、という印象を僕は受けた。しかもかたちや作りがほぼおなじで、価格は一冊が二十五セントあるいは三十五セントと、これも同一と言っていいものだった。かたちにおいても内容においても、ペイパーバックはアメリカの民主主義をそのまま反映していた。

買い集める楽しさや数が増えていくことの面白さを越えて、ペイパーバックのなかみ、つまり言葉によって一冊ずつ作り出されているはずの、一冊ずつ異なった世界というものに対する驚きに、僕は対面するに至った。東京へ戻ってから一年とかかっていなかったごく短い期間のなかで、このようなことが僕の内面で起こった。どのペイパーバックのページにも最初から最後まで、小さな活字で印刷された言葉が、びっしりとつらなっていた。書いた人それぞれが、そのように言葉をつらねたからだ。ペイパーバックの数とおなじだけ、現実のなかに書き手が存在していた。書いた人たちは、いったいなにつき動かされ、なにを考え、なにをしようとして、これほどまでに言葉をつらねたのか。

僕が世田谷の古書店で買ったどのペイパーバックも、商品としてすでに流通し終えたものだった。しかしそれらのどのペイパーバックも、そもそもの始まりは、タイプライターで打たれた原稿だった。叢書別に積み上げて目の前に何列もあるペイパーバックの数だけタイプライターがある、ということに僕は思い至った。ペイパーバックの山をひとつの実像だとすると、僕というレンズをとおして、タイプライターを打った数多くの書き手、という虚像が僕の内部に立ち上がった。

一冊のなかに眠る大いなる驚きに満ちたこの謎を、ほんの一部分にせよ自前で解いてみるためには、かつて誰かによって書かれた言葉を、僕は読まなくてはいけなかった。買い集めるという受動形の楽しみを追っていた僕は、そのようなペイパーバックを一冊また一冊と読んでいくという、受動形の究極の地点に、ある日のこと、思いがけずに、ひとりで降り立つことになった。ペイパーバックの山は、無言のうちにきわめて雄弁でもあった。一冊でいいから読んでみてはどうか、とそれは僕に語りかけた。

さあ、読むぞ、と決意して読み始めたのではなかった。決意しようにも、たくさんあるペイパーバックのなかからどの一冊を選べばいいものか、判断の基準を僕はなにひとつ持ってはいなかった。したがって一冊を選び出すことは出来なかった。そのかわりに、最初に読んだ記念すべき一冊は、ごく小さなほんのちょっとした成りゆきによって、僕のところにもたらされた。

小田急線の世田谷代田駅のすぐ近くにあった古書店で、いつものようにペイパーバックを買っていた十四歳の僕に、ひとまわり以上は年上の男性が話しかけてきた。

「きみは自宅の近くでよく見かけるよ。おたがいに家が近いんだろう。英語の本を読むのかい。感心だねえ」

と、その人は言った。自宅の近くで僕をよく見かけるとその人は言ったけれど、僕はその人に見覚えはなかった。そしてそのときはそれだけに終わったのだが、二週間ほどしてその古書店へいくと、奥の帳場にすわっていた店主が僕を手招きした。表紙のない、しかしそれ以外は新品のペイパーバックを一冊、店主は僕に手渡して次のように言った。

「先日の人がつい昨日、会社の帰りにここへ寄ってくれてね。あの少年にこれを、と言って置いていった。神保町の三省堂に勤めている人なんだよ。輸入したペイパーバックをアメリカに返品するとき、表紙をはがしてそれだけを送り返すんだそうだ。かさばらないし送料は安くなるからね。表紙をはがすと売り物にはならないから、いつまでも倉庫の棚にあって、そのなかの一冊を、これでもよければきみに、と置いていったんだよ。せっかくだから、もらってあげて」

表紙だけが完全にない新品のペイパーバックというものは、見るのも手にするのも、僕にとってはそのときが最初だった。まったくの新品なのだが、表紙だけがきれいにないのだ。そしてそのことは、なぜか僕の気持ちを強くとらえた。

鯨の油を燃やす

神保町の三省堂で売れ残り、はがした表紙だけがアメリカの版元に返品されたペイパーバックは、ベス・ストリーター・オルドリッチというアメリカ女性が一九二八年に出版した、A Lantern In Her Hand という作品だった。一九二八年の初版以来、一九四五年までに七十七版を重ねたというから、たいへん人気のあった作品だ。

ポケット・ブックスというペイパーバック叢書の一冊に加わったのは一九四七年のことで、僕がもらったのはその四七年版だった。一九五〇年代の少なくとも前半には、三省堂は確かにペイパーバックを輸入し販売していた。つい先日、一九五二年版のロバート・ペン・ウォーレンのペイパーバックを古書店で手に入れた。裏表紙の内側、右肩の隅にきっちりと寄せて、小さな横長のスティッカーが貼ってあった。地味な褐色の地に SANSEIDO と英文字が白抜きであり、その下におなじく英文字で、KANDA, TOKYO と読めた。これは三省堂が輸入し、新本として神保町の店で売られたものだ。古書で手に入れた数多くのペイパーバックのなかに、ごくときたま、この三省堂のスティッカーの貼られたものがある。どれもみなおなじ位置に貼ってある。

「神田・東京」という表記のしかたは多くの誤解を招いた。神保町とその周辺にある新刊と古書の書店群をひとくくりに、神田の書店街、という言いかたが多くの人たちによって習慣的になされた。いまでもそうだろう。地方に生まれ育ち、東京の知的な世界に憧れて青年となった人たちが、ついに東京へ出て来てまっさきに神保町の書店街へ向かおうとするとき、完璧なまでに刷り込まれている「神田・東京」という固有名詞を頼りに、山手線や中央線さらには地下鉄銀座線を、彼らは神田駅で降りた。神田駅周辺のどこをどう歩いても書店街などなく、途方に暮れて万世橋の交番で訊ねると、神保町までの都電の系統番号とその乗り場を教えてもらうという、知を希求すればこその小さな彷徨を多くの人たちが体験した。

表紙のない、しかし本体は完全に新品のペイパーバックは、僕の気持ちをそのどこか深いところでとらえた。買いためて自宅にあった数多くのペイパーバックは、すべて古書店で手に入れたものだ。どれもがほどよく古びていたり傷んでいたりした。そしてそれらのペイパーバックの魅力の少なくとも半分がとこは、表紙に集約されていた。もらった新品のペイパーバックには、その表紙がないのだ。しかも誰もまだ読んではいない新品なのだから、これは僕が読むほかないだろう、と意識のすぐ下あたりで僕は思ったようだ。それを僕にくれた人は、それが僕によって読まれることを期待していたようでもあったことだし。

「英語の本を読むのかい、感心だねえ」とその人は言った。感心でもなんでもない。僕はそれまで本は一冊も読んだことがなかった。子供向けの雑誌や漫画はたくさん読んだし、アメリカの雑誌が硬軟とりまぜて自宅にはいつも邪魔なほどあった。それらのページを繰れば写真のキャプションくらいは読んだのだが、英語でも日本語でも、僕は本を読んだことがなかった。しかし読もうと思えばなんの苦労もなしに読めたのだし、いまでも明らかにその傾向があるが、日本語よりも英語のほうがずっと楽だった。

A Lantern In Her Handという題名を仮に日本語にするなら、『彼女は角灯を手に』とでもなるだろうか。角灯とは、この場合はおそらく、鯨の油を燃やして明かりとする、ガラスのホヤのついたカンテラだ。なにげなく読み始めた僕はたちまち夢中になった。まず半分ほどを読んで呆然となり、次の日に残りを読んだ。開拓期のアメリカを体を張って生き抜いたひとりの女性を主人公とした、小説ともノンフィクションとも言いがたい、したがってどちらとしても読むことの可能な作品だった。波瀾万丈の物語の面白さ、そしてそこから受け取る感銘は大変なものだったが、それとは別に、文章というものが持つ力の不思議さが、十四歳の少年の頭に充満した。

夢中で読みとおし感動したペイパーバックをあらためて観察すると、横が百五ミリで縦が百六十三ミリの紙を二百六十七ページに綴じた物体にすぎなかった。一ページにつき三十六行の英語の文章が印刷してあり、二百六十七ページだと行数の合計は九千六百行を越える。これだけの行数のなかに、いくつあるか見当もつかない数のセンテンスが、長く長く一本につながった、まさに文章というものが、一冊のペイパーバックのなかに畳み込まれていた。

僕が読んだ物語は隅から隅まで文章によって成り立っていた。事物についても人の気持ちをめぐっても、ディテール豊かに生き生きと、あらゆることが言葉によって描き出され、文章によって紡ぎ上げられていた。僕が読んだのはその文章であり、それを読むことによって物語のぜんたいが、そしてその物語にともなった感動が、僕の想像力の内部に鮮明な像を結ぶというかたちで、移植された。僕の想像力の内部に移植された物語と、読み終えた一冊のペイパーバックという小さな物体とが、いっさいなにごともなかったかのように見事に均衡している摩訶不思議な様子に、僕は心の底から驚いた。

生まれて初めてこのような体験のなかに放り出された僕は、これはいったいどういうことなのかと、打ちのめされつつ呆気にとられたような状態となった。しかしそうはなりながらも、これは要するにこういうことなのだ、したがってそれは正面から受けとめればそれでいいのだ、とも感じていた。要するにそういうことなのだ、と自分で自分に対しておこなう説得を全面的に受け入れて自分のものとするには、他の作品をもっと読む他ない、と十四歳の少年は直感した。だから僕は、それまでとおなじようにペイパーバックを買う少年であると同時に、一冊また一冊と読んでいく少年でもあることとなった。

『彼女は角灯を手に』は、アビー・マッケンジーという女性を主人公に、開拓時代のネブラスカを舞台にした、彼女および彼女の家族の、達成の物語だ。アイオワのフロンティアで丸太小屋に生まれ育った彼女は、都会で芸術や文芸の世界で活躍した優雅な祖母に憧れ、大人になったらニューヨークで美しく知的に生きる夢を抱いていた。しかし十八歳でウィル・ディールという男性と結婚したのを転機として、彼女が現実に生きた世界は夢とは正反対のものとなった。まだまったく未開拓だったネブラスカ・テリトリーで開拓者としての日々を送ることを夫は選び、妻のアビーは賛同して彼についていくことにしたからだ。

見渡すかぎり平原の広がる未開拓の原野から、開拓者たちは自分たちの生活を引き出し、それを継続させ、継続のなかに拡大や蓄積を生み出し、生活の全域を少しずつ豊かに改善しながら地域を作り町を作り、最終的にはアメリカという国を作る営みへと参加した。ありとあらゆることを、自分たち自らが素手で相手にしなくてはいけなかった。こなさなくてはいけない仕事は山のようにあり、気が遠くなるほどに多岐にわたり、しかもどのひとつも並大抵の努力では実を結ぶまでにはいたらなかった。肉体的な労力だけをとってみても、毎日が朝から夜まで、へとへとになる生活だった。

アビーは夫や家族と力を合わせてこれをやりとげ、誰もが高く評価した達成のなかで幸福な晩年を迎えた。アメリカの底力であるパイオニア精神を絵に描いたような作品だ。少年の僕にとってもっとも感動的だったのは、次々に立ちあらわれる厳しい現実を常に正面から受けとめる彼女が、そのような自分にいつも心の底から驚嘆している様子だった。いまここでこれほどまでに厳しい現実に立ち向かおうとしている自分とは、いったいなになのかという純粋な驚きが、彼女のエネルギーの源泉だった。自分自身への尽きることのない驚き、そしてその自分がいつのまにか作り出す新たな挑戦の対象などに対して、彼女は最後まで驚き続けた。いったいなにが自分なのかという問いを、アビー・マッケンジーは最後の最後まで、真剣に追いかけた。波瀾万丈のパイオニア物語をその裏で支えたのは、いったいなにが自分なのか、という永遠の問いかけだった。

アメリカのペイパーバックを僕が買い続けてすでに半世紀を越える時間が経過しているが、ベス・ストリーター・オルドリッチのこのペイパーバックとは、表紙がないのを人にもらってから現在まで、古書店で遭遇することはなぜか一度もなかった。ふと気がつけば、このペイパーバックにどのような表紙がついていたのか、知らないままに僕は現在まで過ごしてきた。インターネット上にはアメリカのペイパーバック古書店がたくさんある。探したら見つかるのではないかと思い、困ったときはエイブ・ブックスへ、と言われているエイブ・ブックスにアクセスしてみた。ポケット・ブックスという叢書から刊行された、通し番号470の一九四七年初版は、いくつか見つかった。本の状態を「ヴェリー・グッド」と表記していた書店に注文したら、一週間ほどでそれは僕の手もとに届いた。

表紙のついた『彼女は角灯を手に』のペイパーバックを、僕はようやく自分のものとして持つことになった。表紙の絵は素晴らしい出来ばえだ。白いエプロンを腰に巻きシャツの袖をまくった若いアビーが、ブランケットにくるんだ赤子を左腕で胸に抱き、右手に角灯を下げて夜の平原を歩いている。彼女のすぐ背後には幌馬車とそれを牽く何頭かの牛がいて、牛の向こうには鞭《むち》を振り上げている夫がいる。夜空は濃紺の大天空で星が無数に輝き、細い三日月が地平線のすぐ上に出ている。

二音節の土曜日

良く書けた一編の小説を読んだ僕は、深いさまざまな感銘や強いひとつの感動を、生まれて初めての体験として受けとめた。この感銘や感動は、いったいなになのか。この小説を書いた人については問題にしないことにするなら、僕の外部に残ったのは、表紙のない一冊のペイパーバックだけだった。

すでに書いたとおり、ペイパーバックという性質の本は、何枚もの紙をページとしてその背中で膠づけしてひとつに綴じ、厚いとも薄いとも言えない感触のボール紙の表紙を貼りつけたものだ。どのページにも言葉が印刷してあり、その言葉は文章として最初の一語から最後の一語まで、ひとつにつながったものだ。そのような文章を僕は読んだ。

読んだのは文章だが、著者によって書かれた物語は、読む端から僕の頭の内部に移植されていった。僕の頭のなかに小説が移し替えられるとは、文章によって書かれたその物語を、頭の内部を中心とした体感で生きることだった。文章で組み立てられた仮想世界である小説を、僕の頭脳というグリッチだらけのコンピューターがなんとか追認し、イマジネーションのなかに構築し直してそれをたどり、その結果として感銘や感動を僕は手にした。

読んだ僕という当人にとっては、読んだ小説そのものよりも、それを読んだ自分が最終的に体験した感銘や感動のほうが、はるかに大きな謎だった。読んでいく小説の言葉を、自分のイマジネーションのなかにひとつの確たる世界として、自分自身の力によってまざまざと再生させ、そのなかを自分はしばし生きたではないか。こうした一連の営み、そしてそこから得た感銘や感動などは、やがてひとつにまとまり、自分にもこんなことが出来るのだという、初めて体験する大きな驚きへと転換されていった。転換されていった、と受動態で書くのは、僕が意識的に考え積極的にそうしたからではなく、そうならざるを得なくてそうなったから、という理由による。

このときの僕は、確実にひとつ、岐路をとおり抜けたのではなかったか。微妙でなにげない、それでいてずっとあとになって決定的に作用するかもしれない、ふたまたになった岐路のうちの片方を、僕は選んだようだ。読んだ小説とその書き手のほうへと僕の興味が傾くことはなく、言葉によって構築された物語世界を、頭のなかにあるもうひとつの現実としか呼びようのないところで、自分が体験し得たその事実に驚くほうへと、僕は大きく傾いた。やや単純化して言うなら、誰か他の人が書いた小説にではなく、それを読んだ自分自身に、僕は驚いた。

赤子の日々から十四歳のこの頃にいたるまで、自分という存在を認識して受けとめる営みを、僕は僕なりにさまざまなかたちと内容とで続けてきたはずだ。自分という存在を自覚して認識し、それを受けとめてひとまずは肯定するという作業を、生まれてから十四年にもわたって繰り返せば、自分をめぐる課題は次の段階へと推移したとしても、そこになんの不思議もない。

次の段階とは、認識し受けとめているその自分はいったいなになのか、という問いを発することだ。自分とはなにか。なにが自分なのか。この謎が謎としてかたちを整え始めたちょうどその頃、良く出来た作品を生まれて初めて読む体験を僕は持った。小説の言葉を読んで頭のなかに取り込み、イマジネーションのなかでそれを仮想の物語へと構築しなおし、それを最後まで見届ける作業をとおして、深い感銘や感動を体験することの出来た自分、という自分を僕は発見した。なにが自分なのかと問うなら、このような能力は確実に自分の一部分だ、と答えることが出来るではないか。

なにが自分なのかと自らに問いかけ、自分自身でその問いに少しずつ答えていくという、いつまでも続くはずの問いかけの日々は、僕にとってはこんなふうに始まった。部分的に発見した自分への驚きが、僕の心のあちこちにしみ込むことによって多少は鎮静してから、僕は二冊目の小説をペイパーバックで読んだ。初めて読んだ小説はポケット・ブックというペイパーバック叢書の一冊だった。おそらくそのせいだろう、二冊目も僕はポケット・ブックのなかから選んだ。買いためた多数のペイパーバックは自宅の空き部屋に出版社別に分けて積んであった。ポケット・ブックの山のなかを探すまでもなく目にとまったのは、ジョン・ワトスンという人の『赤いドレス』と題された作品だった。一九四九年にハイパーという出版社からハード・カヴァーで刊行され、一九五〇年に通し番号七三四でポケット・ブック叢書の一冊となった。

作者のジョン・ワトスンについては、当然のことながらなにひとつ知らなかった。いまでもそうだ。『赤いドレス』と言われても、十四歳の少年の気持ちはさほど動かなかったはずだが、裏表紙に印刷してあるごく短い紹介文によって、どのような物語なのか、ごくおおまかに知ることは出来た。自分で読むのはなににしろまだ二冊目なのだから、あれこれ選ぶことに意味はないし、選ぶ基準の持ち合わせもなかった。次はどれにしようかと思いつつ、ふと目についたのがこのペイパーバックだった。

そして僕はそれを読んだ。『赤いドレス』は充分に面白く、その面白さを自分は楽しんだ、という記憶はいまでも薄れていない。田舎で農作業に生きる老い始めた男女を両親とする、パールという名の末娘が、田舎を嫌って都会に強く憧れる。持って生まれた美貌と魅力的な体を、さまざまに武器あるいは餌にして多くの男たちを秤にかけ、騙したり使い捨てたりを重ねる過程は、都会での贅沢で享楽的な日々をスターのように生きるという、見果てぬ夢をいったんは実現させる。と同時に、その脆い夢のほうからも存分に報復された結果、彼女は転落の急坂をただ落ちていくだけとなる、というような物語だった。よくある主題の小説だが、ごく若い読者だった僕は、著者が紡いだ言葉のつらなりに最後まで牽引されとおした。

この『赤いドレス』のペイパーバックがいま僕のデスクの上にある。裏表紙の右肩に¥20とゴム印が押してある。裏表紙を開くとそこにある本体の最後のページの左肩には、50という鉛筆書きの数字がある。その数字には横線が引かれ、そのすぐ下に20という数字がおなじく鉛筆で書いてある。一九五〇年代の東京におけるペイパーバックの古書の標準的な値段で、この本は何軒かの店を転々としたのだ。

十四歳から十五歳くらいまでの期間に読んだペイパーバックが、まだかなりの数、僕のところに残っている。出版社別になっているいくつもの山のなかから、何冊か見つけ出すことが出来た。当時のアメリカのペイパーバックには、出版社ごとに性格や方針、装丁、質感など、はっきりと区別された個性があった。出版社別に分けたらそれがいっそう明確になった結果だろう、十四歳の僕はデル、シグネット、バンタムというそれぞれに特徴のある三種類の叢書から、一冊ずつ選んで読んだようだ。

デル・ブックスからはアンドリュー・ガーヴの『ヒルダよ眠れ』という、一九五〇年代のミステリーが選ばれている。これは僕にとって最初のミステリー小説の体験だった。巧みに書けたミステリーだった、という記憶がある。シグネットからはポウル・ボウルズの『レット・イット・カム・ダウン』を選んでいる。当時の北アフリカを舞台にした、なんとも言い難い物語が、きわめて明確に語られている。語られる内容と、それを語る言葉の明晰さとのあいだに横たわるはずの、目には見えないなにごとかに、僕の心は大きく揺さぶられた。

そしてバンタムからはジョン・スタインベックの『エデンの東』で、一九五四年の十二月にペイパーバックになったときの初版だ。このペイパーバックを読んで半年ほどあとに、映画『エデンの東』が公開された。物語の舞台となっているサリーナスの描写カットが映画の冒頭にいくつかある。どれもみなごく簡単な描写であり、サリーナスを中心に海側のサンタ・ルーシア山塊、サリーナス河、モンタレーなど、物語の主題と深く関係する地形とその性質そして歴史など、この点描をスクリーンに見るだけでは、いっさいなにもわからない。原作にもその冒頭に地形や歴史についての記述があり、簡にして要を得た巧みな書きかたで五ページにわたっている。映画とは違って、スタインベックによる描写は深くまでじつによくわかる。

一九五五年の二月にはジェイムズ・ジョーンズの『地上より永遠に』という長編小説を、シグネットのトリプル・ヴォリュームで僕は手に入れて読んだ。トリプル・ヴォリュームとは、活字の小ささやページ数の多いことによる分厚さに正しく比例して、標準的には二十五セントの定価が三倍である、ということだった。

当時の僕はラジオ少年でもあり、秋葉原で部品を買うために渋谷から須田町まで都電で何度となく往復した。その途中で都電は神保町をとおった。行きに三省堂を窓の外に見た僕は、帰りに駿河台下で都電を降り、三省堂に寄ってみた。三省堂に入るのはこのときが最初だった。そしてそのとき、『地上より永遠に』のペイパーバックを買った。それはいまでも僕のところにある。

裏表紙の右肩に三省堂の小さなスティッカーが貼ってある。その脇に300という数字が鉛筆で書いてある。このペイパーバックの新刊は当時の東京では三百円だった。本文のいちばん最後のページの余白に、僕は自分の名前と購入年月日を書いている。一九五五年二月二十三日だ。僕はこういうことをしないのだが、この本にだけはなぜか名前と年月日を書いた。アメリカで大ベストセラーだったこの小説は、僕がペイパーバックで買ったときすでに二百万部を売っていた。小さな活字で八百ページを越える大部なものだが、あっけなく読み終えた記憶がある。そしてこれに続いてその年の夏に読んだのが、『地獄へいって帰って来る』というオーディー・マーフィーの自伝だった。

『地上より永遠に』は一九五三年に映画になり、日本ではその年に公開された。僕が観たのは小説を読んでから半年ほどあと、一九五五年の夏だった。下北沢あるいは渋谷の二番館、三番館だったろう。あの小説をきわめて要領良く一本の緊張した娯楽映画にまとめた、脚本や監督その他のスタッフたちの力には底なしの感があった。見ていた十五歳の僕が椅子から飛び上がるほどに驚いたのは、『再兵役のブルース』という歌だ。夜の自由時間にビールを飲んでなかば酔った陸軍の兵士たちが、兵営のなかにある酒保の外でこの歌を歌う場面を、あるときいきなり、僕は目の前のスクリーンに見た。映画を見ていてこれほどに驚いたのは、あとにも先にもこのときだけだ。

『再兵役のブルース』は原作に登場していた。主人公とその仲間の兵士たちが、ブルースとしての歌詞を作っていく場面があり、ここは僕にとっては、編中の白眉、という言葉が文句なしに当てはまる部分だった。月曜日に除隊した兵士が土曜日には留置所にいて、そこを出たら再び兵役に戻ることを考える、という内容のブルースだ。月曜日から金曜日までは、英語で二音節だが、土曜日は三音節となる。サ・タ・ディの「タ」を、表記でも音声でも省略し、サ・ディとすれば二音節ではないか、と主人公が提案して、問題の土曜日はサ・ディとなった。

映画のその場面では、すでに存在している歌を酔った兵士たちが歌っている、という設定だった。原作のなかにあるあの詩が、このようなブルースになるとは。都会的な雰囲気のある十二小節のじつに良く出来たブルースだった。僕はこの歌がたいそう好きになり、この場面を見るために、『地上より永遠に』を何度見たかわからない。メロディは完璧に覚え、譜面にも書いた。歌われている部分に関しては、歌詞もすべて書き取った。ずっとあとになって知ったことだが、酒保の外で歌っている兵士たちのいちばん手前でボードウォークにすわってギターを弾いていたのが、この『再兵役のブルース』を作曲したマール・トラヴィスだった。なにげない場面だがこのギターを弾いている兵士はきわめて重要であり、そこに昔のハリウッドは作曲者を役者のひとりとしてはめ込んだ。酔って歌っている兵士たちの歌声も、すさまじいプロフェッショナルたちがそれらしく歌っている、と僕は直感した。『再兵役のブルース』はこの映画ぜんたいの要所ごとに、そのつど違う変奏で、何度もあらわれた。

夜の酒保の場面では、もうひとつ、素晴らしい場面があった。テーブルを囲んで兵士たちがビールを飲んでいるとき、かたわらにいた下手なラッパ兵にモンゴメリー・クリフトが、ラッパはこう吹くのだと言い、見事に吹いてみせる。『チャタヌーガ・チュー・チュー』という曲の、軍隊ラッパによるジャズのアドリブだということだ。クリフトはこの場面のために軍隊ラッパを練習したが、サウンド・トラックに収録されたのは西海岸で活躍していた著名なジャズのトランペット奏者のものだった。

『地上より永遠に』のなかで歌われた『再兵役のブルース』にあまりの衝撃を受けた僕は、その当然の延長として、初めてのギターを買った。渋谷から須田町への往復で都電の窓からいつも見ていた小川町の楽器店へ都電でいき、予算内に納まったfホールのついたギターを僕は買った。当時はピック・ギターと呼ばれていた。子供に安物のギターを売る午後のひとときのなかにいたその店主は、白いピックをひとつ、おまけにくれた。弦を張り、いちばん安いストラップをつけ、段ボール箱はいらないと言い、ストラップを肩にかけて僕は楽器店を出た。

駿河台下まで歩き、交差点を越えてから、僕は靖国通りの北側へひとつ裏の道へ路地づたいに入り、路地から裏道へと歩きながら、買ったばかりのギターで弾き始めた最初のメロディは、『湯の町エレジー』という歌謡曲だった。一九四九年の日本で大ヒットとなり、ヒット状態はその後何年も続いた。その頃、この歌を、何度聴いたことか。街ではいたるところにあった広告塔からSPが再生されて人々に向けて放たれ、自宅ではラジオで頻繁に放送された。母親の好みで自宅には部屋ごとにラジオがあり、昼間はそのすべてが音を出していた。どこにいてもラジオを聴くことが出来るように。同調がずれるとそれを直すのは僕の役目だった。

当時の神保町の裏通りの路地には、飲み屋やバーがたくさんあった。その風景に反射的に反応したとしか思えないが、僕はDマイナーのあのヒット歌謡の、特徴的な前奏を弾いていた。Dマイナーだから G マイナーと A のセヴンスがあれば、雰囲気は充分に出た。弾きながら路地を歩いていくと、小さなバーのドアが開き、店主らしい男性が外へ出て来た。聴きなれたあのメロディをギターで弾きながら歩いていく僕に、

「新顔かい?」

と、その男性は言った。

その言葉の意味をまったく考えないまま、ただ反射だけした僕は、立ちどまって両足を揃え、ギターをかかえ直し、その男性に向けてひとつ礼をし、

「はい、そうです」

と答えた。

この言葉そして動作もただの反射だったが、男性が僕に向けて発した問いとは、偶然にも整合していた。バーの小さなドアを開いてふと出て来た、店主とおぼしきその男性が僕に発したひと言は、ギター流しの新顔かい、という意味だった。神保町の裏通りという、バーや飲み屋の並んだ一九五五年の環境に、僕は本能的に反応して『湯の町エレジー』を弾いたのだろうか。日本のギターは日本的なものにこそ呼応するのか。

この最初のギター以後、二十代なかばまでに何本ものギターが続き、そのいずれもが挫折に至った。最初のギターはその年のうちに友人に進呈した。『再兵役のブルース』の弾きかたは何とおりも工夫し、自分ではこれ以上にはならない、と確信出来るところまで到達した。下北沢から井の頭線と京王線を乗り継ぎ、千歳烏山の喫茶店まで持っていき、そこのカウンターの奥で煙草を喫っていた友人に、楽器店の店主がおまけにくれたピックとともに、手渡した。

友人はギターを達者に弾くことが出来た。僕から受け取り、ストラップを肩にかけ、たて続けに弾いた三曲の順番を、いまでも僕は覚えている。『月がとっても青いから』『ひばりのマド

ロスさん』『岸壁の母』の三曲だ。ギターは彼に似合っていた。そのギターから出て来る一九五〇年代なかばの歌謡曲は、彼だけではなくその喫茶店のカウンター席、その周辺、そして店ぜんたいと、緊密に一体だった。しかも驚くべきことに、ギターから出て来る音はたいへん好ましいものではないか。

「ほんとにもらっていいのかい」

と、友人は言った。

カウンターのなかで棚にもたれて腕組みをして聴いていた年上の美人が、

「気に入らないのね」

と、僕に言った。

「めざしている音が出ないのです」

と答えた僕に、

「こういう音だろう」

と友人は言い、低音弦でベースの進行を弾いてみせた。いい音が出ていた。

「人が弾いてるのを聴くと、自分で弾いてるときとは違うのよ」

と、美人は僕を支えてくれた。そして彼女は棚の一部分として造り込んであったレコード・プレーヤーで、シングル盤を三枚かけた。友人が弾いた歌謡曲に対抗したのかもしれないその三枚はアメリカのヒット曲で、日本人によるカヴァーではなくオリジナルだった。この三曲の順番も僕は覚えている。『思い出のワルツ』『青いカナリア』『セレソ・ローサ』という順番だった。

十年一滴

岩国で六年、そして呉で三年を過ごしたあと、十三歳となった僕は一九五三年の夏の終わりに、家族とともに東京へ戻ることになった。東京へは当時の国鉄・呉駅から汽車で向かった。何人かの人たちがプラットフォームで僕たちを見送った。汽車が動き出した瞬間、子供の僕が親しんできた方言の世界は終わった。方言を喋る日々から、僕はその外へと、決定的に出た。ある日、ある時、突然にそうなり、それ以後おなじ方言の世界へ戻ることは、二度となかった。

方言による生活の終わりかたの、それ以後とのくっきりとした境目、そしてそれ以後まったく接点のないままとなった事実は、自分の日本語に向けて僕は十三歳からあらためて出発したのだ、ととらえるともっとも肯定的な事実となった。と同時に、瀬戸内での日々は、過去の特別な体験として、僕のなかに位置づけられた。

その特別さを作り出していたいくつかの要素のうちのひとつは、オキュパイド・ジャパンだった。瀬戸内とそこでの方言、オキュパイド・ジャパン、東京言葉、そして英語によって保護されてきた僕は、方言の世界を離れると同時に、オキュイド・ジャパンという表層のすぐ下からあらわれた日本と、東京で接触を深める日々を送ることになった。

歴史的にはオキュパイド・ジャパンはすでに終わっていた。一九五一年七月には朝鮮戦争の休戦会議があり、九月には対日講和条約がサンフランシスコで調印された。日本はGHQによって兵器の製造を許可されていた。朝鮮戦争が引き起こした特需、つまり特別な需要に応える生産と経済の活動に日本を参加させ、それによって日本に経済的な力をつけさせよう、とアメリカは考えたからだ。この特需によって日本は戦後の停滞からいっきに引き上げられ、次に来た高度経済成長へと一直線でつながっていった。そのGHQが一九五二年に廃止された。

一九五四年の一般教書でアイゼンハワー大統領は、沖縄にあるアメリカ軍基地をアメリカが無期限に保有することを表明した。防衛庁が創設され、陸海空の三軍による自衛隊が発足した。次の年、一九五五年には自由民主党が結成され、日本の保守はここに合同した。「もはや戦後ではない」とその経済白書で日本政府が宣言した年でもあった一九五六年に、在日アメリカ軍は地上部隊の削減を発表した。在日アメリカ軍は空軍と海軍が中心となる、ということだ。アメリカにとっての新しい戦争の進めかたの端緒がここに見える。一九五二年には二十七万人もいたアメリカ軍地上戦闘部隊は、一九五八年に撤退が完了したときには六万五千人にまで減っていた。一九六〇年に新安保条約が自然発効し、おなじ年の十二月、国民所得倍増計画というものを日本政府は発表し、経済の高度な成長が日本の国策として推進されることになった。自分の日本語に向けて僕が新たな出発をしたのは、このような日本においてだった。

一九五三年までの日本は古き佳き日本だったと僕は判断している。根拠としては体感しかないが、いろんな視点からこの体感は裏づけすることが可能だ。一九五三年からの日本は、あらゆる領域で身の丈を越えて、無理に無理を重ねていった日本だ。身の丈を越えてとは、技術開発に支えられた経済の高度な成長という、それまでどこにもなかった新世界と向き合ってそれを支えるための準備を、思想的に決定的に欠いたままだった、というほどの意味だ。

オキュパイド・ジャパンは終わったけれど、個人的な生活の領域では、ある特定の一日でそれまでのすべてが終わり、次の日からはまったく新しい日々が始まる、というようなことはあり得ない。身辺でのオキュパイド・ジャパンはまだ続いていて、それが完全に消えたのは一九六〇年代のなかばになってからだったが、自分が生きていく場所はこの日本である、という事実はそのまま目の前にあり続けた。その日本のどこかに入り込み、そこでの自分を引き受けることをいずれは人生にしていくことになる、というような認識があったわけではなかったから、日々はまだ気楽なものだったと言っていい。

十三歳から十年後の僕は大学を卒業して新卒という種類の人になっていた。その十年間は、すべてを成りゆきにまかせてなし崩しにした十年間だった。中学校の三年間は高等学校への助走路だった。中学を終えて世に出て、どこかで小さな職を得て働く日々に身を置いた人たちは、卒業したときのクラスで半数をゆうに越えていた。世に出ると言っても、それはいったいどこなのか。どこでもいいから成りゆきにまかせたとして、そこで自分はなにが出来るのか。なにも出来ない、したがって自分は間違いなくつぶれる、という確信を裏返しにすると、僕は高校へ進学します、というひと言しかなかった。

高校の三年間は大学への助走路となった。大学に向けて勉学を重ね、準備万端おこたりなく過ごした、という意味ではなく、その正反対だ。少年は成長していった。ああしろ、こうしろとうるさく干渉される度合いが、成長に比例して低くなっていった。したくないことはしない、という意味でほとんどの時間は自由時間であり、平凡な毎日として連続する自由時間は、ぼんやりと過ごすのがもっとも快適だった。そしてそのような自由時間の三年間は短い。

大学への進学は、中学から高校へのときと、まったくおなじだった。世のなかへ決定的に放り出されるまでに時間の猶予が欲しかった。社会との直接の接触、つまりいまの自分が世に出て居場所などありっこないのだし、どこでなにをするにしてもなにひとつ出来はしないという、まだ漠然としてはいたけれど、核心の部分には恐怖にも似たものがある状態を、大学生として過ごす四年間のなかへと引き延ばしたかった。

高校を出たら誰もが大学へいく、という時代はまだ始まってはいなかった。三年生のときのクラスは男女半々だったが、女性はひとりも大学へいかず、進学した男性は半分ほどだった。僕は大学に入学した。本来なら進学したと書きたい。進学という言葉は、将来への希望のすべてを託し得る輝かしい言葉だが、僕の場合にはとうてい当てはまるものではなかった。多くの入学者たちがそうだったのではなかったか。

高度経済成長はすでに始まっていた。働く人たちの現場での経済成長とは、人海戦術にほかならなかった。なにしろ人海なのだから、どの企業も頭数を必要とした。教育機関はその頭数の供給源となった。大学はその典型だった。誰もが多かれ少なかれ時代の要請に沿ったかたちで自己を形成し、時代の要求に応えるべく生きていく。中学から高校そして大学を卒業するまでの十年間は、僕にとっては、こうなるしかなかったのでこうなった、という性質のものだ。

大学での四年間という猶予期間のあいだずっと、きわめて平凡なところに浮遊しつつ、大勢にまぎれて僕は過ごした。四年間でなにをしたのですかと問われたなら、僕の大嫌いな比喩で答えるほかない。なけなしの自分を四年かけて蒸留し、その四年の終わりに、これ以上には蒸留され得ないものとしての自分を、僕は一滴だけ手に入れた。

その一滴とは、なにだったか。卒業したら世のなかへと押し出されていくことぜんたいに関する覚悟のようなものであり、覚悟だけではどうにもならないはずだし、世のなかへと出ていけばそこは仕事をする場だから、その一滴は自分が仕事で使って役に立てることの出来るなにかであったはずなのだが、自分のどこを探してもそんなものはなにひとつなかった。かろうじてひとつだけあったのは日本語だったが、その頃の僕の認識はまだそこまでは到達していなかった。

美人と湯麵

その道に歩道があったかどうか。あったような気がする。しかし、その道に歩道はなかった、としておいたほうが、当時の東京とは論理的に整合する。当時とは、ほぼ半世紀前のことで、道とは大学の敷地の南側のすぐ外にあった道だ。この道の大学から見て向こう側には、学生を相手とした主として小さな飲食店が軒をつらねていた。そのなかに一軒の中華の店があった。支那そば、炒飯、五目そば、五目炒め、にらレバー炒め、ワンタン、ワンタン麵、チャーシュー麵などを、学生たちに供していた。

店内は小ぶりな箱のようだった。なんの愛想も飾り気もなく、テーブルとその椅子が、かなり殺風景にならんでいるだけだった。屋号を僕は記憶していない。一度でもそこへいってなにかを食べれば、あそこにあるあの店でしかなかったのだ。味はいい、という評判だった。その大学の二年生になった春、友人に誘われてこの店で初めて僕は昼食に湯麵を食べた。評判のとおり、それはおいしかった。

当時はいまにくらべると、すべての材料がはるかに素朴だったはずだ。調理のしかたも、思いきりのいい単純なものだったのではなかったか。このとき以来、僕にとってその店は、昼食に湯麵を食べる店となった。友人たちといっしょのときもあったが、記憶のなかの自分はほとんどいつも、ひとりで湯麵を食べている。時間によっては満員で入れないこともあったが、少しだけずらすとひとりの席はかならずあった。

四角い箱のような店のすぐ奥が調理場で、三十代のなかばを越えたかという年齢の男性がひとり、ただひたすら黙々と注文をこなしていた。彼が店主だったはずだ。接客していたのは彼の奥さんだった。三十代になったばかりの年齢の、当時の日本における大人の女性のもっとも好ましい見本のような美人で、もの静かに美しい身のこなしは、僕がその店で初めて食べた、キャベツの盛大に盛られた上出来の湯麵以上に、印象に残った。

接客していたその奥さんは、学生たちから注文を受けると「はい」とだけ言い、出来たものをテーブルまで持って来て置くときには、「お待ちどうさま」と言うだけだった。誰に対してもそうだった。愛想が悪いのではなく、それ以上には必要なかったから、したがってそれだけだったという、当時の日本がそこに見事にあった、という言いかたを僕はしておきたい。

骨格のしっかりと出来た、各部の均整の美しい体の動きに無駄はなく、したがってその動きは常に静かに滑らかであり、なおかつ的確なものだった。湯麵の満ちた丼を僕の前に置いてくれるときの、全身の動きの帰結点としての、両腕、両手、そしてその両手の指の動きの余韻には、常に感銘の深いものがあった。普段は忘れているのだが、その店へいって湯麵を注文し、その湯麵をテーブルに置いてもらうとき、そうだ、これだ、という思いを常に新たにした。

食べ始めた頃から四年生の最後の湯麵にいたるまで、店内の食事風景に変化はまったくなかった。女性の客を見かけたことが一度もなかった、という記憶をいま僕は確認している。客はすべて男の学生たちで、大半はひとりだった。彼らの多くは教科書を読みながら、黙って割り箸で麵をすすり、レンゲで炒飯をすくい取っては、口に運んでいた。ここにも当時の日本があったと言っていい。三、四人で連れ立って来ていても、そこに楽しげな談笑はなく、おたがいに低い声で、しかも途切れがちに、会話をしていた。卒業して学舎を巣立った彼らは、次の日から、すでに日本に林立していた企業群へと吸い込まれ、頭数という種類の人材と化した。

調理場にはご主人ひとり、そして接客は奥さんの彼女ひとり、客は男の学生ばかりで、彼らは黙ったまま早くに食べ終えると、すぐに店を出た。彼らに対する彼女の接客ぶりは常に必要最小限のものであり、それが当時のその店内では美しく成立していた。客の学生たちが彼女に親しげに話しかけることはなく、彼女にとっても、客の学生たちを相手の世間話など、自分の領域外のとんでもないことだったはずだ。

その店で何度も湯麵を食べていると、やがて少しずつ僕の意識のなかに蓄積されていったものは、確実にあった。彼女のような本当の美人は、体のどの部分を見ても美人なのだ、という発見は、ある程度まで蓄積されることによって僕の意識にのぼったもののひとつだった。彼女は女物の下駄を履いていた。冬は足袋に下駄で、それ以外の季節では素足に下駄だった。足袋を履いているときには小鉤の留め具合が美人のものだったし、素足のときにはその踵がまぎれもなく美人のそれだった。

店のフロアはごく簡単にセメントで平らに固められたものだったが、下駄を履いていた彼女が足音を立てることはなかった。彼女の身のこなしや足の運びが、美しく的確だったことの証拠だろう。下駄の主として前の歯を使って、つま先立つようにして動いていた。身のこなしやぜんたいの雰囲気が、もの静かに美しく的確であるのは、美人の条件としてまっ先にあがるべきものだということを、二十一歳、二十二歳といった年齢だった僕は、一杯の湯麵とともに少しずつ学んだ。

美人はあらゆる部分がすべて美人である、とは言っても、特別なことはなにもない。すべてほんのちょっとしたことばかりだ。しかしそれがひとつにまとまって決定的に作用するのだから、これはいったいどうしたことか、という謎は解けないままに残った。

彼女に対して僕が凝視の視線を常に注いだ、ということはあり得ない。いつもは忘れているのだが、湯麺を食べるためにその店に入ると、そうだ、ここにはこの人がいるのだ、と思うのであり、すべてはその程度のことだった。

彼女は店の人で、僕はただの客のひとりだったのだから、彼女と僕とのあいだには距離は充分にあったし、ほとんどないと言っていい関係性は、最初から間接性のきわみにあった。店に入って席についた僕が、「湯麺をください」と告げる以外に、僕と彼女とのあいだに会話はなかった。

きわめて平凡な大学生だった僕が、片隅のテーブルで湯麺が出来るのを待っているあいだ、忙しく立ち働く彼女の姿の断片は目にとまったとしても、それが僕の意識に届いてそこになんらかの痕跡を残したことは、一杯の湯麺につきひとつあれば上出来だった。湯麺を食べ終われば、四十円ないしは四十五円の代金を彼女に手渡し、彼女は「ありがとうございます」と言ったけれど、そのひと言は彼女と僕とのあいだにあった、距離の遠さと間接性の深さの象徴のようだった。

その頃の一杯の湯麺の値段が、四十円ないしは四十五円だったという記憶には、間違いはない。二、三年前、大学生の頃によく食べたこの湯麺の話を友人にしたところ、その友人はいきなり右腕を僕に向けてまっすぐにのばし、右手の人さし指をも直線にしてその突端で僕の胸を指し示し、「湯麺とは贅沢だ」と、本気で言った。

彼は僕より何歳か年下だが、大学生として食べたラーメンや湯麵などに関しては、ほぼおなじ時代にいたのだろう。彼の昼食は常にラーメンだったという。ラーメンは三十円ないしは三十五円だったから、湯麵とのあいだには十円の差があった。いまなら十円の差はあってなきがごときものだろうけれど、当時は格差と言っていいほどの歴然たる差だった。十円硬貨ひとつは、一杯三十円のラーメンの、じつに三分の一だったのだから。

彼女との距離を少しでもいいから短くしようとか、関係の間接性にほのかでもいいから直接性を持ち込めないものか、といったよこしまな考えは、最初から最後まで、そもそも存在しなかった。根源的に、問題はそういうことではなかったのだから。年齢はひとまわり近く違ったはずだし、彼女の歴史を僕はなにひとつ知らず、名前すら知らなかった。距離は充分に遠く、間接性は存分に深かったからこそ、彼女は彼女のままであり得た。

卒業するまでにこの店で僕は湯麵を百杯は食べたと思う。この百杯の湯麵が僕にどのように作用したか。彼女とのあいだにあった充分に遠い距離は、遠いままに、極限に近いところまで抽象化された。関係の基本であった間接性にも、おなじことが起きた。彼女との距離と間接性が極限まで抽象化されると、その店のなかという現実から彼女はあたかも切り抜かれたかのように離脱し、やがて虚空に浮かんだ。現実のなかにいたときの彼女は、読めそうな気のしなくもないひとつの物語だったが、現実を抜け出すと、いまはまだ読むことは出来ないけれど、可能性としては無限に近く存在する数多くの物語の、それぞれの主人公となった。

　現実の外に出た彼女は、純粋な可能性としていまはまだ抽象的に存在するだけの、いくつもの小説の主人公だった。彼女がそうなりきった頃に、僕はその大学を卒業した。そしてそれ以来、その店の湯麵は、一度も食べていない。卒業してから十年後には、僕は小説を書いて作家としてデビューすることとなった。そんなことになるとは夢想だにしないまま、湯麵を食べながら僕は、十年後には書き始めることになった、そして現在にいたることにもなった、数多くの小説の女性主人公の、原型と言っていいひとりの女性を、そのような自覚などいっさいなしに、見るともなく見ていた。

Ⅲ

神保町 1

一九六一年のビリヤードの壁には、東京都内を走る都電の系統図が貼ってあった。ナイン・ボールの台が空く順番を待ちながら所在なくしていた大学生の僕は、その図を眺めてしばらく時間を過ごした。十五番系統という路線の都電に始発駅の高田馬場駅前から乗ると、大学の裏と言っていい位置にあった早稲田という停留所へいけることは、すでに知っていた。何度か乗ったこともあった。面影橋という停留所の次が早稲田で、この停留所には蕎麦屋や茶碗屋が軒をならべていた。この早稲田からさらに十五番系統の路線をたどると終点は茅場町というところであり、その途中で神保町を通ることを僕は知った。

どこのビリヤードだったかに関しては、記憶がふたとおりある。ひとつは高田馬場駅前と言っていい地点から裏道に入った一角にあったビリヤードだ。このビリヤードからおもての通りへ出て来ると、目の前に十五番系統の停留所があった。もうひとつは関口町にあったビリヤードだ。ここでもビリヤードを出ればそこが十五番系統の乗り場だった。どちらのビリヤードでも僕は常連だったし、どちらの乗り場からも頻繁に十五番系統の都電に乗った。ふたとおりの記憶は重なり合い、いまや分かちがたくひとつであり、したがって都電の系統図を見たのがどちらのビリヤードだったのか、はっきりさせることは不可能だ。

十五番系統の都電に乗って僕は神保町へいってみることにした。三省堂で『地上より永遠に』のペイパーバックを新本で買って以来の神保町だった。神保町へいくことを勧めてくれた人がいた。神保町には洋書を専門に扱う露店が二軒あり、きみの好きなペイパーバックを売っている、最後の露店になるだろうからいまのうちに見ておきなさい、とその人は言った。

関口町から十五番に乗ると、東五軒町、大曲などを抜け、飯田橋で当時の国電の下をくぐって靖国通りへ向かい、そこで左折してそのままいけば、その都電は神保町を通った。駿河台下の靖国通りの北側、人生劇場というパチンコ店の裏の路地に、その路地をはさんで斜めに向き合って、確かに二軒の露店が店を出していた。

どちらの店もきわめて簡素な作りで、商品はアメリカのペイパーバックと雑誌だった。木箱をいくつか接してならべ、その上にはペイパーバックが何列にも積み上げてあった。雑誌は棚に斜めに立てかけられ、店の前で立ちどまった人は、それらの雑誌の表紙と向き合うことになった。したがってそれは機能としては棚なのだが、棚としての造作はあってなきがごときものであり、棚にならんでいると言うよりも、雑誌は空中に浮かんでいた、と言ったほうが正確だ。ペイパーバックそして雑誌は、米軍基地あるいはその関連施設から廃棄されたものだった。

この二軒の露店は、僕にとって初めて体験する、露店というものだった。僕は露店を好きになった。店頭の在庫は思いのほか豊富だった。両腕にかかえきれないほどの数のペイパーバックを、二列に分けてそれぞれ紐でくくってもらい、両手に下げて持った。紐が指に食い込むのを避けるため、店主は紐の指をかける部分に、新聞紙をちぎって何重にも巻いてくれた。

一九六一年の神保町には、米軍放出品の洋書を扱った露店が二軒も、こんなふうに店を出していた。驚くには当たらない。東京オリンピックの前後まで、東京のいたるところに、戦後だけではなく戦中や戦前が、経年によるもの以外の変化がほとんどないままに、残っていた。東京オリンピックを境にして昔の東京が消えていく速度が加速されたことは確かだ。この二軒の露店は、僕が大学を卒業した一年後の一九六四年いっぱいは続き、前後して店をたたんだ。

「美人と湯麵」の湯麵を食べたあと、講義やゼミナールがあろうとなかろうと、十五番系統に乗って神保町へいくのが、僕の日課となった。神保町へいかない日は、学校の近くの喫茶店あるいはビリヤードにいた。神保町へいくとまず露店に寄った。いくたびにその二軒だけでかかえるほどの数のペイパーバックを買った。一回に三十冊あったとして、一年に五十回は通っていたから、卒業するまでの三年間では、買ったペイパーバックの合計は三千冊くらいにはなった。

　三十冊ほどのペイパーバックを一列に積み上げ、十文字に紐をかけ、その紐でぜんたいを指先に下げて神保町を歩く、というスタイルはたいそう不便だった。だから僕はショッピング・バッグを持っていくことにした。スーパーマーケットでの買い物に使う、淡い褐色をした紙の袋だ。これのいちばん大きいのを一枚、小さくたたんでポケットに入れて神保町へいけば、買ったペイパーバックはすべてきれいにそのなかに収まった。しかしその袋に持ち手はなく、ペイパーバックで一杯になったのを胸にかかえなくてはいけなかった。自動車で日常生活を送る人たちのための、ごく仮の紙袋だったのだから。露店のある路地から靖国通りへ出て来ると、その道の向かい側にレオ・マカラズヤという屋号の鞄の店があった。屋号の面白さに惹かれて、僕はここで何度も鞄を買い、ペイパーバックを詰め込んでは神保町を歩き、都電に乗った。

　当時の神保町には、軒なみとは言わないまでも、あちこちの古書店でペイパーバックが売られていた。靖国通りの東の端にあった要所がブック・プラザーという店で、西端の要所は東京泰文社という古書店だった。ある日は西から、そしてまた別の日には東から、靖国通りを歩いては次々に古書店に入り、僕はペイパーバックを買った。

　いつ頃からだったか、古書店の人は紙袋に入れてくれるようになった。ブランクやその店オリジナルの紙袋というものはまだ普及する以前だったが、かなりの数の客におなじような商品を大量に売る店では、オリジナル・デザインによる自分のところの紙袋をすでに使用していた。古書店の人たちが何冊ものペイパーバックを入れてくれたのは、そのような紙袋の二次使用だった。長野善光寺参道の饅頭屋の紙袋や、西伊豆の温泉旅館の紙袋など、いろんな手下げ紙袋にペイパーバックを詰めて、僕は神保町を歩いた。新宿伊勢丹百貨店の手下げ紙袋に人気のあった時代だ。

中学生や高校生の頃には自宅の周辺にあった古書店をめぐっては、僕はペイパーバックを買った。大学生になると自宅の周辺を動きまわることは少なくなり、そのかわりに学校から都電で神保町へいき、そこでペイパーバックを買うようになった。買うものやその買いかたはおなじだが、買う場所に関してはプロフェッショナルな頂点へと、いきなり到達した。

なぜ、こうも買い続けたのだろうか。古書店へいけば、初めて目にするペイパーバックが、かならず何冊も入荷していた。だからそれらを僕は買った。持っていないものを手に入れるのは、うれしいことだった。だから買うために買った、という言いかたは出来なくもないが、コレクションをしていたわけではなかったし、数を増やすことを目的としていたのでもなかった。アメリカのものが東京の片隅にあるのを発見する面白さは続いていた。しかし、買うための理由は、それだけではなかったはずだ。

自宅に積んであるペイパーバックのなかから、ふと何冊かを手に取り、一冊ずつ観察することは、よくおこなっていた。なにかの弾みで読み始めることは、何度もあった。結果として一年間に何冊も読む、というようなことにもなったのだが、読もうとして買ったのでもなかった。ではなぜ、買ったのか。

僕における英語と日本語との関係の変化が、買った理由の根底にあった。瀬戸内から東京へ戻って来たとき、オキュパイド・ジャパンは歴史の上ではすでに終わっていた。僕の個人的な日常のなかでは、そこからさらに数年かけて、それは少しずつ終わっていった。中学、高校、そして大学という平凡な日々は、オキュパイド・ジャパンのすぐ下にあって、それが終わるのと入れ換えに、あらわになっていった、本来の日本との遭遇の日々が始まった。そのための言葉が日本語のほうへ傾いていくにしたがって、その傾きにおそらく比例して、日本語のすぐかたわらに英語が常にある状態が、僕にとっての必要度を高めていった。

大学を卒業する日に向けて、大学生としての日々を僕は送っていた。卒業した次の日から日本語で仕事をする状況へと、大学生の僕は向かいつつあった。その日本語を、すぐかたわらという至近距離から監視する役割を、英語が果たすようになっていった。僕という人の中心軸は、英語と日本語の両方が貫いていた。思考とそれにもとづく行動が、どちらの言葉に依拠するものなのかという問題に関しては、そのときどきによって、たまたまどちらかなのだ、という回答しかあり得なかった。どちらか片方の優位性ゆえに、僕のぜんたいがそちらへと引き込まれていく、ということはなかった。

僕の日本語のすぐかたわらにあり続けながら、その日本語によって僕が漂流しないよう明確につなぎとめておく機能を、英語という言葉は僕に対して発揮することになった。僕にとって、英語の位置とその重要性が、次第に明確になっていった、という言いかたをしてもいい。言葉の論理の道筋を僕がはずれないように導く道標のような機能、という位置そして重要性だ。

重要性とは、僕にとってこの上なく、という意味だ。なぜなら僕は成長していく過程のなかで、このような英語の機能がいつまでも必要な人になってしまったのだから。オキュパイド・ジャパンのなかにいた子供の日々を抜け出し、日本のなかで日本語を習得していくにつれて、英語のこのような機能への必要性が、僕の内部で高まっていった。

一枚の小切手

一九六一年の僕は大学の三年生だった。大学の勉強に関しては自主的にきわめて暇であり、したがって大学へいかないか、いったとしても周辺の喫茶店にいるか、あるいはビリヤードでナイン・ボールをしているか、という日々だった。おおまかに言って大学の裏にあたる場所にいきつけのビリヤードがあり、その前の停留場から都電で神保町へいくことは、すでに覚えていた。勉強をしない暇な大学生を許容した唯一の街が、当時の神保町だった。だから僕はしばしば神保町にいた。

その神保町に当時はまだ存在していた、洋書だけを扱う露店が二軒あり、今日の昼はそこにいます、と先輩に電話しておけば、先輩は昼休みに会社を出て都電で神保町まで来て、露店のすぐ隣の喫茶店で僕に会う、というような時間の使いかたを実践してくれることもあった。コーヒー一杯でのよもやま話は、アメリカのペイパーバック、特にハードボイルドふうなミステリーをめぐる場合が多く、そのような話の延長として、あるときふと、きみがこれほどに暇なら翻訳を試みてみる気はあるか、と先輩は僕に訊いた。その気はあります、と僕は答えた。

ほんとにそんな気があるのか、と何度か確認された記憶がいまも残っている。先輩はその必要を感じたから、そうしたのだろう。やる気がほんとにあるのかないのか、少なくとも外から見ただけでは判断のつきにくいタイプの青年が、当時の僕だったようだ。何度目かの確認をへたあと、僕が試みるための原典を、先輩は見つけてきてくれた。リチャード・デミングという作家がアメリカの雑誌に発表した短編で、原題は忘れたが、僕の翻訳が活字になったときの題名は、『そっくり、そのまま』といった。

全ページをその背なかで糊づけして綴じたもとの雑誌から、必要なページを破り取ったものが、原典だった。先輩が自分で見つけたものではなく、これならどうかと、編集部から提示されたものではなかったか。期限は特に設けないが、やる気があるならそれなりにかなり早くに訳してみろ、と先輩は言った。僕は原典を読んだ。なんだ、こういう話か、と僕は思った。ずっと以前から存在しているいくつかの短編パターンのうちのひとつに則って書かれたもので、特に面白いわけではないがつまらなくもない、という出来ばえだった。

今日からその翻訳をしよう、ときめたのは、夏の終わりのある日だったように思う。僕は自宅から下北沢まで歩き、南口商店街の文具店で原稿用紙を買った。この店はいまでもかろうじて残っているのではないか。小豆色のインクで印刷した、るび罫つきの四百字詰めの原稿用紙だった。どのように使うものなのかは、母親が教えてくれた。当時の僕が住んでいた近辺で、僕は何度か引っ越しをした。そのうちのどの家だったかで、僕は机に向かって椅子にすわり、左側に置いた原典を見ながら、原稿用紙に翻訳文を書いていった。

清書はしていない。その必要はなかった。だから初めから清書だった。翻訳原稿はなんら苦労することなしに、たやすく出来上がった。原稿が出来ました、と先輩に連絡し、秋の初め、暑くもなければ寒くもない季節のある日、新宿駅の西口で僕は先輩と落ち合った。そのときの僕は僕ひとりではなく、誰かもうひとりいたような気がするのだが、それが誰だったか思い出すことは出来ない。

西口のバス・ターミナルで僕たちはバスに乗った。勤めていた会社の仕事で先輩が向かったのは大学だった。西口からそこまで、停留所の数でぜいぜい三つだっただろう。先輩は座席にすわり、ぼくが手渡した翻訳原稿を読んでいった。僕は吊り革につかまって立っていた。先輩は原稿というものを読みなれていた。すぐに読み終えた彼は、「すんなり読めるけどなあ」という感想を述べた。けどなあとは、読み通すだけでも苦労するもっと下手な原稿を期待していた、ということではなかったか。

バスは大学へ到着し、僕たちはそこで降りた。建物の外、ないしは入ったすぐのところにあったロビーで、僕は待った。かなり待ったあとで先輩は忙しそうにあらわれ、これから会社に戻る、と言った。僕たちは新宿駅へ引き返したはずだ。ふたたびバスに乗ったのだろうか。歩いたとしてもたいした距離ではなかった。どうしたかまったく覚えていないし、この日のその後に関しても、記憶はなにひとつない。しかしとにかく、先輩は僕の翻訳原稿を受け取ってくれた。

原稿は編集部に渡した、ひとまずは受け取ってもらえた、といった連絡は、後日、僕は先輩から受けたはずだ。そしてその年の確か十一月の終わり近く、校正刷りが封書で僕のところに届いた。原稿はひょっとしたら一字一句直されるかもしれない、と僕は思っていた。もしそんなことがあったら、問題となるのは僕の英語能力ではなく日本語の能力のほうであり、それはほとんどゼロから作り直さなくてはいけないのだろう、などと僕は思っていた。しかしそのようなことはまったくなしに、僕は校正刷りを見ることになった。当時の僕が殊勝にも赤鉛筆を持っていたかどうか。

訂正をほどこした校正刷りを僕は編集部宛てに郵送したのだろうか。それとも会って手渡したか。記憶はまるでないが、会って手渡すか、さもなくば郵送する、という時代だった。掲載されたのは、ある資料によれば、一九六二年の二月だったという。掲載されたのがその雑誌の二月号だった、ということではないか。そうであれば一月のなかばには書店に出たはずだ。そして四月には僕は大学の四年生となった。

掲載されたすぐあと、僕はその雑誌の編集長と喫茶店で会った。新宿あるいは神保町だ。僕の翻訳原稿はどうでしたか、というような質問を僕はした。しっかりしたいい文章ですよ、と編集長は答えた。しいて言えば漢字がやや多いかな、とも言った。そしてこの言葉を受けとめた瞬間、僕の立ち位置は、書き手の側のそれへと移り、以後、そこにあり続けることとなった。海のものとも山のものとも、まだまったくわからない状態だったが、漢字の使いかたも含めてその他すべて、自分は書き手としての書きかたをするのだという、なんの当てもない決意を僕はしたのだ。原稿用紙は二百字詰めを使ってください、とも編集長は言った。

それから二か月ほどあと、僕は編集長から一枚の小切手を受け取った。二月号に掲載された翻訳原稿への、原稿料としての小切手だ。小切手としてのサイズはいまとほぼおなじだろう。横長の、どこからどう見てもまったくたいしたことのない、一枚の紙切れだった。横線小切手という種類のもので、横長の紙片の右肩あるいは左肩に、確か二本の直線が引かれていた。これは特別なものでもなんでもなく、定められている簡単な手続きをへれば、どこの銀行でも現金に換えることの出来る小切手だった。

その雑誌のおそらく編集部の片隅に机を置いていたはずの経理の担当者が、いつも使っていた小切手印字機という事務機器で、ひと文字ずつ印字した数字が、その小切手の金額の欄に印字してあった。三千六百円という数字を僕は記憶している。この記憶に間違いはないと思う。原稿用紙にふとした成りゆきで書いた、僕としては最初の試みであった翻訳の文章に対して、おなじく最初に支払われた報酬だったのだから、その正確な数字はそのまま記憶に残っている、と思いたい。

壱金参千六百円也、という印字のしかただったと思うが、千と円はいま少し複雑な文字だったような気もする。四百字詰め原稿用紙で三十六枚の短編だったのではなかったか。そして四百字詰め原稿用紙一枚の単価が、百円だった。百掛けることの三十六は三千六百ではないか。一枚百円というありかたないしは状況は、遠く過ぎ去ってもはや二度と戻って来ることのない、半世紀前の東京の片隅そのものであり、それに対する愛しい気持ちはいまも僕のなかにある。

一枚の平凡な横線小切手に印字されたこの数字が、二十二歳の僕の視覚から入って脳に到達したとき、僕が明確に知覚したことのひとつは、自分は労働者である、という事実だった。自分という若き労働者は、英語による短編ミステリーを日本語に翻訳するという種類の労働に生まれて初めて従事してそれを完遂させ、その結果として三千六百円の報酬を手にした。仕事として対価の発生する能力の発揮を僕は社会的な文脈のなかでおこなった。僕は労働市場における小さなひとつの価値となった。いまならワープロのキーボードをつまびいてこんな言葉が出てくるが、当時の僕は意識と無意識の境目あたりで、一介の労働者でしかないこれからの自分を、受けとめた。

僕という若年労働者は、まさしくひと単位の仕事をこなした。そのために僕が発揮した能力は、英語で書かれている原典に、可能なかぎり無理なく対応する日本語をみつくろっては、ぜんたいを日本語によるものへと変換していくという、そのときの僕が持っていたはずの、ある程度までの能力だった。こなした、という言葉で言いあらわされる程度の能力の発揮が、結果として報酬の対象となったのであり、現実のなかで日常を送っていた生き身の自分ぜんたいの価値が対象となったのではないのは、これはもはやどう言いつくろうことも不可能な、問答無用の厳然たる裸の事実だった。

二十二歳という年齢だったのだから、労働者に若年という形容をつけてもいいかと思うが、中学校を卒業すると同時に労働市場へと有無を言わさず押し出された人たちは、当時はたくさんいた。大学を卒業して二十三歳だから、彼らにくらべると充分にとうが立っていた僕は、最初の労働対価を小切手で受け取ったとき、じつはかなりの年増だった。

最初の翻訳原稿が活字になったふた月あとの四月号には、おなじ雑誌に次の翻訳短編が掲載された。僕は大学の四年生となっていた。六月号には三度目の翻訳が掲載された、と資料にある。ずいぶんと勤勉ではないか。編集部から依頼されればこその翻訳という仕事だが、依頼されるとは期待に応えることであり、期待にそのつど応えるのは、自分が労働者であることを自覚した人の、勤勉さの証明以外のなにものでもない。

以上の文章のなかに、固有名詞は神保町がひとつ出てくるだけだが、それ以外の固有名詞についても書いておこう。

先輩とは、小鷹信光さんのことだ。おなじ大学の先輩である彼は、僕が三年生になった年に卒業したのではなかったか。だとしたらこの頃の彼は、新卒として入社してまだ半年ほどの、若い社員だったことになる。アメリカの雑誌とは、『マンハント』という題名の、どちらかと言えばハードボイルドふうの短編ミステリーを掲載していた雑誌だ。もっとも定期的に刊行されていた時期には、それは月刊雑誌だった。新宿駅西口から先輩と僕がバスで向かったのは、東京歯科大学だ。先輩は医学図書を専門に出版する会社に勤めていた。僕の翻訳原稿を先輩が渡してくれた編集部とは、アメリカの『マンハント』の日本語版として、日本で刊行されていた月刊雑誌だ。アメリカ版に掲載された短編を、毎月いくつか翻訳しイラストレーションを添えて掲載する以外のページは、編集部が日本のさまざまな書き手に依頼して作成した、純然たる日本の雑誌記事と読み物で構成されていた。先輩は大学生の頃からこの雑誌に記事を書き始め、僕は最新号が書店に出るたびに、彼の記事を書店で立ち読みしていた。高田馬場駅から大学に向けて歩き始めてすぐのところにあった書店が、しばしば立ち読みの場所となった。当時は書店での立ち読みは文化の一部分だったと言ってよく、雑誌の置いてあった平台は特に、その周囲をぐるっと、立ち読みの人が常に取り巻いていた。日本版『マンハント』の編集長は中雅久さんといった。

神保町 2

大学四年生たちの夏が始まる五月頃から、その四年生たちは就職活動を始めていた。一九六〇年代前半のことだが、当時すでに就職活動という言葉は使われていたと思う。大学の四年間で麻雀だけは充分にこなした学生たちの誰もが、俺は銀行、俺はマスコミ、俺は証券などと、就職先に関する希望を語り合っていた。そして彼らは、夏休みまでには、就職を希望する会社から、採用の内定を取りつけていた。

そうではなかった学生たちは、夏休みにも就職活動を続けなければならなかった。いつもなら学生たちがたくさんいる構内は、ほとんど誰も歩いていなくて、ただ夏の陽ざしが照りつけているだけだ。そこを歩いて就職部というまだほんの申し訳のようにある小さな部署へいき、壁に貼り出してある求人票をためつすがめつしては、ここでもいいか、と妥協した会社へ、入社試験を受けるための願書のような書類を提出したりするのだった。

そんな夏休みのある日の午後、学校で偶然に会った友人が、「お前はもうきまったのか」と、僕に訊ねた。きまったとは、内定をもらった、という意味だった。僕がまだ一社も試験を受けていなかったことを知ったその友人は、自分が願書を提出しようとしていた東京の商事会社に、僕の願書も出しておいてくれた。夏のまっ盛りの暑い日に、学校でまず面接試験がおこなわれた。前年に単位を落とした学生たちを救済する夏期講習に出席していた僕は、おなじ友人にふたたび偶然に会った。今日はあと一時間もすればあの会社の面接試験だ、と友人は言った。学部の建物の二階だか三階だったか、面接を受けようとする学生たちが長い列を作っていた。訊けば名前のアイウエオ順にならんでいるというではないか。僕は金子という学生の前の位置にならび、願書を提出してくれた友人の上着とネクタイを借りて、めでたく面接を受けた。後日、確か九月になってからだったと思うが、その会社の本社の建物で筆記試験がおこなわれた。

中学校の一年生から始まって高校をへて大学を卒業するまで、世に出るまでの猶予期間をじつに十年間、僕はフルに過ごした。もういい、もうたくさんだ、と僕は本気で思った。もうたくさんならそれは終わらせる他なく、終わらせるとは世に出ていくことであり、世に出るとは働くことだった。働くためには仕事先が必要であり、願書を提出してくれた友人とともに、夏の盛りに一社だけ試験を受けた商事会社に、卒業後の就職は内定した。

大学の卒業式は欠席するつもりでいたのだが、出席するべきだと諌める人がいて、僕は時間どおりに大学へいき、当時の言葉で盛んに言われていたマンモス大学の、トコロテン卒業のその式典を体験した。卒業式が終了したその瞬間から、僕はもはやその大学の学生ではなく、単なる卒業生のひとりであり、その大学とはそれ以上の関係はいっさいなにもなく、学生であった状態は厳然たる終わりを迎えた。厳然たる終わりは、厳然さをきわめた始まりでもあった。労働者として生きる日々の始まりだ。

若年労働者と呼ぶにはやや年増の二十三歳の青年は、ただの新卒一名だった。徒手空拳、という四文字熟語を、いっさいすっからかんでなにもなかったあの頃の自分に、当てはめてみたい。学問や教養はおろか、専門知識の一端すら持たず、専門技術はなにもなく、人脈なし、資産なし、目標なし、希望だってあってなきがごときもので、四月一日に出社する会社だけはかろうじてあったという、笑う他ない裸ぶりは爽快と言うならそうも言えたかもしれなかったが、当時の当人としては、目には見えないさまざまな障壁に取り囲まれたような、ごく淡くほんのりとしてはいたが閉塞した感覚が、自分の基調となっていた。

四月一日に出社したその会社を、同年六月三十日付けで退社した。理由はたったひとつ、ひと言で言って、言葉の問題だった。会社組織のなかのあるひとつの部署に所属するひとりとして毎日の仕事をするとは、その仕事に必要とされるごく狭い範囲のなかの、高さも深さも奥行きもない、ふと気がつけばこれっきりの、数少ない言葉を繰り返すことだった。私的な生活はそのぜんたいが会社に預けてあった時代だったから、私的にも言葉は会社的であり、こういうことに僕は耐えられなかった。耐えられなければその場から退く他なかった。だから僕は会社を辞めた。

僕は自分ひとりになった。ひとりであるという状態の純度は、かなり高かったのではなかったか。ほとんどなににも束縛されることのない、すべては僕ひとりにまかされた自由という、枠組みも制限もなにもない時間が僕の外を流れ、おなじ時間が僕の内部をも流れていくのを実感するとき、もはやこれなしで済ませることはとうてい出来ないという意味において、じつはきわめて不自由ななにごとかが、僕の内部に少しずつ生まれていくことになった。日常的に許容される範囲内での可能なかぎりの自由、という広い世界に身を置いた僕は、その自分の内部のどこかに、それなしでは済ませることの出来ないなにごとか、というたいそう不自由なものを、当初はおそらくごく小さなピン・ポイントで、持つことになったのではなかったか。

それなしではとうてい済ませることの出来ないものという、当人である僕をたいそう不自由に縛るなにごとかを自分の内部に持ち続ける、ということのぜんたいに対して僕が持っていた適性、というふうに考えていくと、それはまさに適性であったことを越えて、どう変えることも不可能な自分自身を意味したのではなかったか。適性とは、自分自身に対する適性だった。より全面的に適性のある仕事を求めて会社を辞めた僕は、より全面的に自分をこき使うことの可能な仕事への志向に託して、自分自身という存在へのより全面的な接近を図ろうとしていた。

そしてこのときのこの自分とは、それまでに自分のものとして持ち得た日本語と、それを自分で書く文章へとなんとか使っていく能力という、じつにわずかこれだけのものだった。会社を辞めた頃、雑誌の書き手として僕は二年の経験を持ち、新書を一冊、出版していた。「こんなお若いかたが、あんな文章を書いているのですか。世も末ですねえ」と、高名な編集者に酒の店で言われたのは、うれしい出来事だった。世も末デビューを大学生の頃に果していた僕は、会社を辞めてフリーランスの書き手となった。

最初から半分は冗談のような文章を、依頼があればなんでもどこにでも書く、という日常が始まった。あいつなら書くだろう、と判断した編集者が依頼してくれるのだから、僕にでも書けそうなものの依頼が来るのであり、したがって依頼をうけたそのときすでに、まだ具体的には影もかたちもなくとも、少なくとも半分は出来ているという不思議な文章を、僕は毎日のように書くことになった。編集者の期待を多少とも上まわりつつ締切りを守る、という日々だ。

自分に使うことの出来る言葉を限度いっぱいに使いたい、という切実な願望があったから、依頼はすべて引き受けた。仕事のための材料は僕が持っていた言葉であり、それを文章として支えるアイディアのようなものだったから、仕事とは言葉のさまざまな使いかたの実践であり、実践の機会は多ければ多いほど好ましく、仕事は増えていくいっぽうの時代でもあった。日本経済は拡大の一途であり、拡大のなかに新たなマーケットがいくつも重なり合っては生まれていった。主として若年層に向けた活字媒体が、急激にその数を増していった。僕というフリーランスの書き手は、だから最初から多忙だった。

　多忙なひとりの書き手が次々に書いたのは、自由に書いていい、という種類の文章だった。依頼してくれた編集者の語った趣旨を踏み外すことは許されなかったが、その枠のなかに収まるものであれば、なにをどう書こうともそれは僕ひとりの自由だった。自由とは、かたちを守らなくてもいい、ということでもあったし、書き手であった僕が当時の自分のぜんたいを動員した労働だった、と言ってもいい。そしてすべては、言葉に帰結した。当時の僕のすべてが、僕の書く文書の言葉だった。ひとつの文章を書き終えると、僕はすっからかんになっていた。次の文章を書くことによって、ふたたび僕は空っぽとなった。多忙な仕事とは、こういうことの繰り返しでもあった。

　書くにあたってひとつだけ絶対に守らなくてはいけなかったのは、自分のことを書くのではない、ということだった。書く人は現実のなかに生きているこの生き身の僕だったが、書く内容は可能なかぎり徹底して架空のことだった。架空のこととは、広い範囲でとらえたフィクションだ。フリーランスの書き手となった僕は、じつはフィクションへと向かう経路の入口を入ったのだ。そして当時の僕は、そんなことにはまったく気づいてはいなかった。

次々にいくつも発生していく仕事をこなす場所として、神保町は親和性の高いところだった。大学生の頃にはペイパーバックを買う場所だったが、ひとりのフリーランスの書き手となってからは、仕事場、打ち合わせの場所、仕事のあとの遊びの場所、食事のための場所などになっていき、もっとも深く神保町に寄りかかっていた時期には、神保町に住んでいる、と言っていいほどの状態にまでなった。いつでも泊まれる旅館が少なくとも五軒はあったし、午後三時を過ぎて時間があれば銭湯に入り、着替えは洋品店が軒をつらね、服を売る店も多かった。食事は基本的にはなんでもいいのだが、バラライカを頂点としてそこから雨傘状に、数多くの店が存在した。平均を取るなら餃子ライスにワカメ・スープだ。

神保町とその周辺を中心に、飯田橋、水道橋、お茶の水、神田、と西から東にかけて総武線・中央線が弧を描き、神田からは日本橋や銀座が近く、いったん神保町まで出て来るなら、そこからはどこへも向かいやすかった。外部の書き手として関係していた出版社が神保町の周辺になぜか多く集まっていたし、多くの人たちにとって神保町は、ちょっとした用事があればそれを理由に、出向いていきたくなる場所であった。

僕にとっては生活を支えるものすべてがそこにあった。だから神保町へいくために定期券を買い、毎日のように神保町のどこかにいることとなった。当時は五十メートルから百メートル置きには存在した喫茶店をはしごしては、原稿を書いた。雨の日には軒づたいに歩き、傘がなくても濡れずにすむはしごルートが、いくつもあった。出来上がった原稿を夕方には編集者に会って手渡していた。原稿は原稿用紙に手書きし、完成した原稿は編集者と対面して手渡す、という時代だ。原稿を渡すのは夜になることもあった。ここにいるから来い、と指定された新宿その他のバーへいくと、そこではホステスをはべらせて編集者はご機嫌であり、僕の原稿を受け取り、ああ、お前が書けば面白い、面白い、などと言いながら上着の内ポケットに入れると、「さあ、お前も飲め。角のハイボールできちんと体を作っておかないと、鉛筆一本ではここから先、とうてい持たないよ」などと青年への忠告をくれるのだった。

新宿から中央線に乗ってお茶の水へ、そしてそこから明大の前の坂を下って駿河台下の交差点へ。書くべき原稿は常にあったから、喫茶店をはしごしながらいくつかを同時進行で書き、夕方までに仕上げてそれぞれの編集者に連絡し、どこかで落ち合って、あるいは編集部へ出向いて、原稿を手渡した。そのあいだを縫って打ち合わせの約束をいくつかこなした。こなせばそれらはただちに、次の週に締切りのある仕事になったりした。

古書店にはかならず寄ったから、どんなに少なくとも数冊のペイパーバックは、常に手に持っていた。何冊かのペイパーバックに原稿用紙、鉛筆、消しゴム、鉛筆を削るための小さなポケット・ナイフなどを持って喫茶店をめぐり歩き、鉛筆の削りかすをフロアに落として美人のウェイトレスに叱られる、というような日々は、神保町だったからこそあり得た。

テディというやつ

ペンネームが必要になったのは一九六二年のことだ。雑誌『マンハント』に僕にとって最初の仕事となった翻訳が掲載されたすぐあと、自前の文章による連載コラムが始まることになった。翻訳した短編は、英語で書かれたアメリカの娯楽小説を、可能なかぎり難のない日本語に移し換える、という能力を発揮した結果の、ひとつの仕事だった。翻訳した自分は黒子のつもりだったが、現実の自分のすんなりとした延長上に成立した現実の出来事だったから、その翻訳者つまり僕の名前は、本名のままでよかった。

始まることになった連載コラムは、もっとも広い意味でとらえて、フィクションだった。だからそれを書く人の名も、ある程度以上には架空のものにしたい、と当時の僕は考えたようだ。架空の人、つまりどこにもいない人が、連載の内容だけを虚空から毎月の誌面にもたらす、というとらえかただ。書いた当人からは遠く切り離されて、連載の内容だけを提示するハンドルとしてのペンネームだ。ハンドル、と書いて通用する現在を僕は受けとめる。以前なら日本語でハンドルと言えば、自動車のハンドル以外にはあり得なかったのだから。

書かれているのは現実の僕のことではなく、僕が書いた架空のこの内容なのです、つまりフィクションなのです、という念押しをするためのテディ片岡というペンホームを思いついた状況は、いまもほぼ記憶している。連載を始めることになって、ペンネームを使うことを僕は提案した。翻訳は本名で、連載はペンネームで、という区別のしたかはわかりやすかったのだろう、ペンネームを使うことはすぐに了承された。ではどのようなペンネームにするといいか。すぐにでもきめなくてはいけない日が来て、僕は『マンハント』編集部の杉山正樹さんと、神保町の喫茶店で待ち合わせの約束をした。

大学から都電で神保町へいき、東京泰文社という古書店へ寄った。何冊かのペイパーバックを買い、それを持って僕は待ち合わせの喫茶店へいった。三十分ほど早くに着いた。端っこの席にすわった僕は当時の東京の煮出しコーヒーを相手に、買ったばかりのペイパーバックを見ていった。J・D・サリンジャーの『ナイン・ストーリーズ』という短編集があった。これをいまでも僕は持っている。一九五八年の第三版だ。表紙は八本の直線によってデザインされたもので、その印象はアメリカのペイパーバックとしては珍しいものだった。シグネットという叢書の一冊だ。デザインぜんたいを支えている色はまだ黄色だ。何年かあと、この色はオレンジ色へと変わった。一九六二年の第六版はおなじデザインのまま、主たる色はすでにオレンジ色だし、一九六二年第十二版もオレンジ色のままだ。

題名のとおり、この短編集には九編の短編小説が収録してある。目次のいちばん最後にある『テディ』という題名を僕は見た。そうだ、ペンネームはこれでいい、と僕は思った。テディ片岡。ほどなくあらわれた杉山さんに、テディ片岡というペンネームを僕は提示した。悪くない、語呂も字面もいい、という意見だった。連載で問題なのは内容だけです、書いた人はどこにもいない架空の人として提示されるのです、というような説明を僕はしたと思う。わからないでもないが、書く人はいま僕の目の前にいるあなたに他ならないでしょう、と杉山さんは反論した。僕は譲らずにおなじことを繰り返し主張し、その結果としてペンネームはテディ片岡となった。

このペンネームは一九六〇年代いっぱい、ほぼ十年間、現役だった。なぜだったのかその理由はいまもってわからないが、このペンネームはかなり広まった。いまでも、僕のいるところで、そしていないところでも、話題になっている。テディさん、テディくん、そして単にテディと、基本的には三とおりの呼びかたがあり、もっとも正しいのは、テディ、という呼びかただ。僕をテディと呼んでテディ片岡を広める役を果たした双璧は、田中小実昌さんと山下愉一さんだ。

編集者から依頼された文章を、期待を多少とも上まわって書くことが出来れば、それ以上に望まれるものはなにもなく、書いたあとの問題はすべて自分の外に出てしまう、つまり書かれた内容の出来ばえだけが問題なのであり、したがって書いた当人である自分などどうでもいい、と考えていたのがテディというやつだった。書いたのはこの僕だし、責任はすべておなじ僕にあるけれど、書いたのは僕だ、この僕がこれを書いた、というようなことには、現実の事実はそのとおりだとしても、それ以上の意味はなにひとつなかった。書いた僕はその話を言葉によって仲介しただけであり、重要なのは仲介されたその話の出来ばえなのだから、仲介した人などどうでもよく、現実のその人は面白くもなんともない、勤勉に労働するだけの青年ではないか、というあたりはわかりにくかったかもしれない。しかも当人は説明しないし、自分のことなど語るに値しないと思っていたから、自分については語らなかった。したがって、テディというやつはいまひとつわからん、という評価は正しいものだったと言っていい。

オキュパイド・ジャパンのなかにいた頃、自分の言葉は英語あるいは日本語のどちらでもいい、という状態だった。どちらを使うか、どちらがドミナントになるかは、日常のなかの成りゆきだった。瀬戸内から東京へ戻ったとき、オキュパイド・ジャパンは歴史的には終わっていた。個人的な身辺からも、オキュパイド・ジャパンは少しずつ消えていきつつあった。消えていくものと引き換えに、そのすぐ下に覆われていた日本との遭遇が始まっていった。

中学、高校、そして大学を終えるまでの、合計すると十年になる年月は、僕が子供の状態を脱していった日々であり、それは日本との遭遇の日々に他ならず、遭遇の基本は日本語だった。オキュパイド・ジャパンが終わり、東京へ戻って来てからの期間は、そのぜんたいが、じつはこの僕が日本語で仕事をするようになるための、助走路だった。

大学を卒業して就職し、そこを三か月で退社し、フリーランスの書き手になったということは、日本語で仕事をする人になった、ということだった。そうなったとたん、英語は僕のすぐかたわらに常にあり、僕の日本語を監視するような機能を発揮し始めた、ということはすでに書いた。僕の日本語を監視するような機能、とは妙な言いかただが、僕にとってはかなりのところまでそのとおりなのだから、そう書く他ない。

もし僕が英語で文章を書く仕事をしたなら、現実のなかにある事実について記述するノン・フィクションの方向へ、かならずや向かったはずだ、それ以外にあり得ない。小説を書くことなど思いもしなかったに違いない。事実に沿うアクションの言葉が、僕にとっての英語だから。書き言葉の日本語で、二十代前半の僕にどうにか書けたのは、何度も繰り返すが、広い意味でのフィクションだった。日本語で書くならフィクションにならざるを得なかった、という言いかたをしてもいい。

日本語でフィクションを書く僕のすぐかたわらに、事実のための言葉である英語が、まったく無形で目には見えないが、強固に存在する壁のように、寄り添うこととなった。その壁に沿ってなかば導かれるかのように日本語の道を歩いていくと、やがて行く手に見えてきたのは、虚構を書く、という世界だった。長い強固な壁は、いまも僕のすぐかたわらにある。英語からの影響をこんなかたちで受け続けるとは、思ってもみなかったことだ。

日本語で書き始めた僕は、その瞬間から、言葉だけで成り立つ世界を書くことになった。僕が自主的に選択してそうなったというよりも、ほぼ自動的にそうなった、という言いかたをしたい。僕の頭のなか以外のどこにも存在しない、空想上のファンタジーを書くのだから、そのための材料もまた、基本的にはすべて僕のなかにある、という姿勢を選択する他なかった。僕の生来の気質も関係しているかと思うが、その気質は英語と日本語との両方によって培われたものだとすると、英語が僕にあたえる影響が、僕の日本語の性質やありかたを決定した、としておくと筋道はきれいにとおる。

こうして過ごした一九六〇年代という時代の終わりを、僕が最初に感じたのは一九六七年の夏だった。日本の一九六〇年代はそのとき早くも終わりつつあった。十年ごとに時代を区切ってとらえることにさほど意味はないとも思うが、ひとつの時代が終わるとは、その次の時代が始まることだった。ぜんたいとしてはすべてが急速に進展していき、現実の日常のなかで目の前に見えたのは、あっけなく消えていくものが数多くあると同時に、新たに登場してくるものも多数あった、ということでしかなかったが、その背景には日本社会の質の劇的な変化が重苦しく横たわっていた。

終わっていく時代の突端に立っていると、すでに始まって前方へと轟々と延びていきつつあった次の時代がよく見えた。終わっていく時代と次の時代とのあいだには、深い溝が暗く横たわり、ふたつを引き離すその溝の距離は、日ごとに大きく開いていった。そこに立ったままでいるなら、終わっていく時代のなかに取り残される。それが嫌なら、次の時代に向けて、飛ばなくてはならなかった。

一九六〇年代は、僕の個人的な体感としては、一九六八年の秋に終わった。仕事の根拠地だった神保町で、須田町と渋谷をつないでいた十五番系統の都電の、最後の走行を見守ったのが一九六八年の夜だった。僕にとっての一九六〇年代、つまりテディ片岡は、この夜に終わった。しかし、ある一日を境にしてひとつの時代が完全に終わるわけではなく、一九七〇年代に入っても、六〇年代とおなじような仕事を、これはもう終わった時代の仕事だと思いつつ、一九七二年あたりまでは続けた。

西伊豆とペン

二十六歳の僕は、ある日の夜、おそらく年上の編集者との待ち合わせのため、新宿のゴールデン街にあった一軒のバーに入った。カウンターには作家の田中小実昌さんがひとりでいた。夜の時間は始まったばかりだった。だからそのときの田中さんにとって、そのバーは、その夜の最初の店だったはずだ。ずっと以前から途方に暮れていたような目で僕を見た田中さんは、奇声を上げて笑い、

「なんでお前がいまここへ来るんだよ」

と言った。そして、

「ひとり?」

と訊いた。

「ここにおすわりよ」

と言われるままに、僕は田中さんの隣のストゥールにすわった。そのバーに不似合いな客として不器用にすわった僕にくらべると、田中さんはそのカウンターに開店以来のそなえつけ備品ないしは調度のように、しっくりとなじんでいた。生きていて口をきき、ほっておいても酒すら飲む、等身大の大人のかたちをした備品調度だ。

「なにを飲むの、どぶろく、それともウォッカ?」

真剣な表情と口調でそう訊いた田中さんに重ねて、

「いい梅酒が入ったのよ」

と、そのバーの女将が言った。

だから僕はその梅酒を小さなグラスにもらい、飲むでもなく飲まないでもない態度でいた。田中さんは髪のない坊主頭をひとしきり撫でまわし、

「じつはこないだね、俺はね」

と僕に言った。

「西伊豆へいったのよ。この俺が西伊豆へいったのだと思ってよ。そうじゃないとこの話は始まらないんだからさあ」

という田中さんの言葉に、

「西伊豆でなにがあったのですか」

と、僕は訊いた。

心の底から呆れたような表情と口調そして態度となった田中さんは、

「お前は率直だねえ」

と言った。

「率直なお前が言うとおり、西伊豆で俺がどうしたのか、それが目下の大問題よ」

そう言って頭をさらにひとしきり撫でまわした田中さんは、

「西伊豆でね、俺はね、ペンを拾ったんだよ、ほら」

と呆れたように指さしたビールの大瓶の隣に、どうでもいいような出来ばえの万年筆が一本、確かに横たわっていた。

「テディ、お前さあ」

僕を軽く説諭する口調で、田中さんは次のように続けた。

「お前、英語が出来るんだろう。俺もちょっとだけ出来るんだよ。だからお前が来る前からずっと考えてたんだけど、西伊豆でペンを拾ったことを英語でなんと言えばいいか、お前、わかるか」

テディというのはテディ片岡のことで、当時の僕のペンネームそして通り名だった。

西伊豆で万年筆を拾った。そのことを英語でなんと言えばいいのか、と田中さんは訊く。これはけっしてストレートかつ単純な話ではないということは、基本的にうかつな僕にでも、察知することが出来た。

おそらくコミさん独特の冗談なのだ。コミさんとは小実昌の略で、田中さんの愛称だ。すぐそばにいた女将が、コミさんの言うことを聞くともなく聞いていた。僕に視線を向けた彼女は目くばせをし、

「アイ・アム・ア・ガール」

と言った。

そこまで言われれば、この僕が相手でも、コミさんの冗談は成立した。西伊豆でペンを拾った、という日本語のワン・センテンスを英語にすると、「ニシ・イズ・ア・ペン」なのだ。だから僕は田中さんにそう言った。

「お前は天才だよ」

と、すべてを諦めた口調で言ったコミさんは、女将に向かって次のように言った。

「俺なんかにもう居場所はないんだよ。死にゃあいいんだよ、しかも早くにな。ママ、俺と死のうよ」

田中さんに対する女将の返答は、

「やだよ」

という端的なものだった。

西伊豆でペンを拾った、という日本語のワン・センテンスを英語で言うと、「ニシ・イズ・ア・ペン」であるというのは、田中小実昌さんが考えて披露した数多いギャグのなかの最高傑作であることを越えて、戦後の日本における英語教育が成しとげたひとつの大きな成果だ、と僕は真面目に考えている。

「ジス」という指示形容詞は必要に迫られて「ニシ」へと突然変異をとげ、ビー動詞の三人称単数現在形とかいう「イズ」は、じつになんと言うべきか、驚くではないか、伊豆なのだ。そしてその西伊豆で自分はペンを拾ったとは、西伊豆が自分にとってはペンそのものなのであり、したがってなんら懐疑の余地なしに西伊豆はペンと直結され、「ニシ・イズ・ア・ペン」となる。

「ジス・イズ・ア・ペン」という文例は、たとえばアメリカの日常生活の現場ではまず使用されることのない、したがって奇異な文例である、という指摘ないしは批判は、戦後すぐからなされてきた。アメリカでの日常生活とはまったく切り離された抽象的な時空間のなかで、英語によるもののとらえかたとその表現のしかたの、もっとも基本的な部分を学ぶための文例なのだから、ジスがペンであろうがなにであろうが、いっこうに構わないと僕は思う。

バーの女将が僕に対して出した助け船の、「アイ・アム・ア・ガール」というひと言も、戦後日本における英語教育が到達した、輝かしい頂点のひとつだと言っていい。「ジス・イズ・ア・ペン」に対する「アイ・アム・ア・ガール」なのだから、人称やビー動詞などの基礎は完全に身についている。しかもその助け船のひと言が、とっさの機知として彼女の口をついて出て来たものであった事実を虚心坦懐に直視するなら、あの女将が二重言語の一歩手前までいっていた事実すら、明確に浮かび上がって来る。

僕が個人的にもっと注目したのは、西伊豆でペンを拾った、という日本語の文章のなかにある「拾った」という言葉がものの見事に省略され、西伊豆とペンとが直結されている様子だ。なぜなら、省略された「拾った」のひと言は、僕の日本語がかかえる根源的な問題点を、鋭く照射しているからだ。

「拾った」という日本語のひと言を、自分の日本語のなかで、じつは僕は使うことが出来ない。「拾った」というひと言は、もちろん、一例に過ぎない。自分の日本語として使うことの出来ない日本語の言葉や言いまわしが、他にもたくさんある。それが僕の日本語だ、ということを書きたくて、二十六歳までさかのぼり、コミさんの傑作ギャグから書き始めたわけだ。

コミさんは西伊豆でペンを拾ったが、日本語で育った人が主として日本で日本語によって生きる場合、彼らがもっとも普遍的に拾うのは、財布ではないか。財布を拾うのは、日本の文化の中に深く根を降ろしている、伝統的な出来事だ。

財布を拾うとは、どういうことか。その財布の本来の持ち主が道を歩いていて落とし、そのことに気づかぬままに歩き続け、落としたことに気づいて探しに戻って来るよりも先に、別な人がおなじ道を歩いて来て財布が落ちていることに気づき、膝を折ってその場にしゃがんだり、あるいは上体を腰から深くかがめたりして財布との距離を詰めたのち、その財布に手をのばし、手に取り、立ち上がってその場から歩み去るという、ごくおおまかに言って以上のような行為が、財布を拾うという行為だ。

これだけの前後関係のある行為を、日本語では「拾う」というひと言が表現してしまう。そしてこの「拾う」という言葉には、心理上の、あるいは感情における意味が、少なくとも何種類かは、複雑に重なっている。「どうせ拾った恋だもの」「思わぬ拾いもの」「拾いものにろくなものなし」「いまの会社に拾われた」といった言いかた、そしてそれらが内蔵している意味のニュアンスは、日本語を母語として大人になった人なら、誰にでも反射的に正しく理解のいくものだ。さらにつけ加えるなら、「拾う」からには、それは地面やフロアあるいはそれに近いところに、「落ちて」いなければならない。ただ単に位置的に低いところにあるのではなく、「落ちて」いるという意味上の大前提を持つ。

したがって、とひと言でつなげていいかと思うが、「拾う」という言葉を僕は使うことが出来ない。「拾う」という日本語によって言いあらわされる行為を僕はしないし出来ない、という言いかたをしてもいい。それにさきほど書いたとおり、さまざまな意味の重なり合いが、「拾う」というひと言のなかに凝縮されてもいる。だからなおさら使えない。日本語による「拾う」行為が、おそらく僕の思考のなかにはない。その結果として、「拾う」という言葉も存在していない。存在していなければ、使いようがないではないか。

「拾う」というような、日本語にとってのきわめて基本的なひと言が、なぜ僕のなかにないのか。その理由はこの上なく単純だ。僕がここまで書いてきたような、日本語としての「拾う」に対応するひと言が、英語にはないからだ。僕の日本語は英語からの拘束ないしは制約を、かなりのところまで受けている。英語から受けている拘束や制約の、もっとも単純な、しかもほんの一例は、以上のようなことだ。

拾う、としか言いようがなく、したがってついうっかり、拾う、という言葉を日本語のなかで使ってしまうことが、僕にあるかどうか。なくはない、としか言いようはない。僕が不注意によってフロアに落としてしまったものを、かたわらにいる人に、「拾って」と言うかどうか。なにごとかの思いに深く心を沈めた風情の女性がひとり、夏の終わりの海岸を歩いていてふと目にとめた小さな貝殻ひとつを、僕の文章のなかで彼女は「拾う」かどうか。なににも束縛されることなく、ほとんど自動的に書いているようなときにこそ、彼女はしゃがんで片手をのばし、その貝殻を指先につまみ取った、というような書きかたを僕はするにきまっている。

フロアや地面、あるいはそれに近い低い位置にあるものを、しゃがんだり上体をかがめたりしつつ、その物に向けて手をのばし、それを手のなかに持つ、あるいは指先に取るという、ひとりの人によるアクションのみに意味をくっきりと限定した言いかたは、英語では pick up しかない。この pick up が僕の頭のなかで強く優位を保っていると、この pick up のかわりに「拾う」という日本語を当てはめて使うのは、とうてい出来ないことになる。いつ頃から僕はそうなったのか。おそらくは子供の頃からだ。

pick という言葉には、それが動詞でも名詞であっても、際限ないと思えるほどにたくさんの意味がある。その pick に up をつけた pick up にも意味はたいそう多い。ほんの一例をあげると、間に合わせのために急いで買うこと、あるいはそのようにして買ったもの、という意味を pick up は持っている。pick と up をくっつけて一語にすると、主としてごく一時的な情事のために「拾った」女あるいは男、という意味でもある。連鎖的に思いついた pick-me-up という言葉は、いまの日本で広く普及している栄養ドリンクというものに、ほぼ該当する。もっとも古典的には、さながら気つけ薬のように待ちかねて手にする一杯のカクテルだ。

pick up は、だっこでもある。だっこという日本語はじつに好ましい。幼子が道にしゃがみ込み、全身を左右によじってなかば泣きながら、だっこだっこと母親や父親にねだっている光景は、平和そのものだ。「抱く」から変形したとおぼしいだっこが、英語ではじつに素っ気なく、pick up としかならない。

「だっこ?」と、親がその幼児に訊く。「だっこするの?」あるいは「だっこしようか?」とも訊くだろう。「だっこしたいの?」という訊きかたもある。いずれも幼児の要求を先まわりして受けとめ、その要求を自分が幼児に対しておこなう行為へと転換して質問の言葉としたものだ。「だっこしてもらいたいの?」という訊きかたは、やや珍しいはずだし、「だっこされたいの?」と訊く日本の親は、まずいないと言っていい。

日本の親が歩きたくなくてぐずる自分の幼児に、「だっこ?」と訊くとして、そのひと言を英語で言うなら、Do you want me to pick you up? としか、僕には言いようがない。僕だけではなく、他の誰もがそうであるはずだ。いかに親子の情愛に満ちたものであっても、だっこを英語で言うなら、pick up でしかない。そしてこの僕もだっこで育ってはいるけれど、おそらくそれよりもはるかに強く、pick up で育ってしまった。

三つ目の壁

そのときの僕はまだ大学生だった。しかし『マンハント』という雑誌にはすでに書いていた。ある日、僕は、『マンハント』の編集部を訪ねた。おそらく原稿を届けにいったのだろう。『マンハント』は久保書店という出版社が発行していた。会社の建物には見えなかったが、民家にも見えない不思議な建物で、玄関で靴を脱いで廊下に上がり、そこでスリッパを履くのだった。当時の早川書房もおなじスタイルで、入口にあるもっとも大きな調度は、靴やスリッパを入れておく棚だった。

僕は編集部で一時間ほど過ごした。編集長の中田さんが出かけると言うので、僕もいっしょに編集部を出た。久保書店は中野にあった、ということは記憶しているが、それ以外のことは覚えていない。編集部を出た中田さんと僕とは、電車に乗るために駅へ向かって歩いた。二十分近く歩いただろうか。どの駅へ向かったのかも覚えていない。中央線なら中野あるいは東中野だったろう。西武新宿線なら新井薬師だったか。どちらだったにせよ、ひとまずの行く先は新宿だ。

歩いていく途中の途切れがちな話のなかで、大学を卒業したら編集者になろうかなあ、と僕は言った。大学を卒業したら、どうなるのか、どうするのか、どうすればいいのか、といった見通しや願望はなにひとつなかったから、ひとまわり以上年上の編集長を相手の世間話を進めるために、多少の無理をしてそう言ったような気がする。

僕のその言葉を受けとめた中田さんは、なぜかひどくあわてた様子になり、真っ赤にした顔を僕に向け、「あなたは原稿を渡すほうの人におなりなさい」と言った。このひと言に僕は奇妙な感銘を覚えた。きみに編集者は務まらない、と解釈すればもっとも正しく、それ以上でも以下でもなかったはずだが、原稿を渡すほうの人、という言いかたを受けとめたとき、三年ほど先という至近の未来における自分の姿を、ごく短い時間、僕は垣間見た。そうか、今後の展開によっては、そういう自分もあり得るのか、と僕は思った。

大学を卒業した僕は、三か月だけ会社勤めを経験したあと、フリーランスの書き手になったのだから、中田さんの忠告を僕はひとまずは最低限のところで守ったと言っていい。これが僕の前にあらわれた最初の壁だったとすると、その壁に出入口を見つけた僕は、そこからなかに入り、壁を自分の背後にすることが出来た。

ふたつ目の壁は、一九六〇年代の終わり、というかたちをとって、僕の前にあらわれた。一九六九年の秋の初めのある日、その創刊から毎週のように記事を書く仕事をしてきた『平凡パンチ』という週刊誌の編集部で、僕は編集者たちと話をしていた。そのなかのひとりが甘粕章さんだった。当時の『平凡パンチ』は、印刷のされかたによって、活版とグラビアのふたつに分かれていた。活版という呼びかたは、活字文字による記事のページぜんたいを意味していた。そして甘粕さんは活版のデスクを務めていて、僕が書いた記事の原稿を最初に読んで判断を下していたのは甘粕さんだ。

その日その時の雑談の展開のなかで、「平凡パンチは三年で終わりました」と甘粕さんは言い、笑っていた。もちろん雑誌そのものは続いていたが、一九六四年に創刊されて三年で終わったとは、前年の一九六七年にはすでに終わっていたことになる。終わったとは、甘粕さんの説明によれば、『平凡パンチ』を必要とした時代は三年で過ぎ去った、という意味だった。僕が意識のすぐ下あたりでなんとなく感じていたことを、甘粕さんはきわめて端的にひと言で言いきり、しかも笑っていた。

現場のプロとはこういうものか、と感心していた僕に顔を向けて甘粕さんは、「だから片岡さんも、ちゃんとした本をとにかく一冊、書くことですね」と、こともなげに言った。ふたつ目の壁が僕の目の前に突然に立ちふさがった。反射的に僕が思ったのは、そのとおりだ、甘粕さんの言うとおりだ、ということだった。いまから書けば間に合う、とも僕は思った。なにに間に合うのかそれは定かではなかったが、背後から追って来るなにごとかを強く感じていたがゆえの、前方においてまだ間に合う、という感覚だったのだろう。

とにかく一冊、と甘粕さんは言った。一冊書けばいい。それ以上は書けない。ちゃんとした本、とも甘粕さんは言った。この場合の、ちゃんとした、とはその本のありかたではなく、内容のことだった。ちゃんとした内容とは、書き手である僕のありかたに他ならなかった。僕にとってもっとも切実なことをそのとおりに書けば、それは甘粕さんの言う、ちゃんとした本、になるはずだと僕は思った。

一九六八年いっぱいにその本の主題をきめた僕は、三一書房の編集者だった井家上隆幸さんに相談した。僕にとって最初の本となった新書を担当したのが井家上さんだ。そのすぐあと、二冊目の新書も彼が作った。書きたい本の主題を説明すると彼はよく理解し、そのような本ならぜひ読みたい、と応じた。一九七〇年に入って準備を始め、四月から書き始めて夏までには書き終えた。本になるまでの作業に半年以上の時間がかかり、『僕はプレスリーが大好き』という本として一九七一年に出版された。

ブルースとカントリーがロッカビリーになり、そこからさらにロックへという、アメリカのポピュラー音楽のひとつの側面とその背景が通史のように読める本だが、書いた当人にとっては、子供の頃から受けとめて来たアメリカを、二十代の終わりに自分自身が俯瞰してみたくて書いたものだ。冷静に俯瞰するなら、そこから先の日々における自分の位置や視点がはっきりする、という切実さを僕は感じていたのだろう。この本の内容と文字数は、それまでの僕が体験したことのなかったものだった。それまでの仕事、つまり一九六〇年代ぜんたいを、個人的にはこの本で一掃することが出来、そのことには爽快な気分があった。ふたつ目の壁を僕は越えた。

三つ目の壁は小説だった。一九七三年の夏の終わりに、「新しい文芸雑誌を創刊するから、その創刊号からきみはそこに小説を書け」と、角川春樹さんが僕に言った。角川さんとは翻訳の仕事をとおして、すでにかなりのところまで知り合った関係にあった。「書かなくてはいけないから書くんだ。書かなければきみは駄目になる。書けない奴にこんなことは言わない」とも角川さんは言った。小説原稿の依頼と言うよりは忠告であり、忠告を大きく越えて命令でもあった。こういう命令をそれまでの僕は受けたことがなく、したがって初めてのその体験に僕はストレートに反応し、小説を書くことにきめた。

新雑誌の創刊は一九七四年の春だということだったが、創刊準備号に掲載するという理由から、僕の短編小説の締切りは一九七三年の秋となった。締切りまでにふた月はあったと思う。四百字詰め原稿用紙に手書きで七十枚前後の小説を、書いていくだけの作業としては二日か三日で書いたが、いろいろと大変だった。なにを書くのか。書きたいことはあるのか。しかも短編小説として。題材、という言葉について、いま僕は思う。題材を見つける、選ぶ、というような使いかたのされる言葉だが、その時の僕にとっては、そこから先の自分の日々の本質を決定すると言っても誇張にはならないかたちと内容とで、題材をきめなければならなかった。

これがまず大変だった。なぜなら、題材とは、僕のありかたそのものだったから。単に一編の短編小説のための題材をみつくろうのではなく、そこから先の自分を決定することになる世界を、自分のなかから引き出さなくてはいけなかった。僕に出来るかぎりの緊張のもとに書くのだと思っていたから、もっとも緊張することの可能な題材とはなにか、と考える段階に到達してようやく、もっとも遠いもの、もっとも間接性のあるもの、という意味においてきわめて切実なものがあればそれでいい、と決定した。

冬のオアフ島の北海岸に、アリューシャンからのうねりが到達して出来る大波と、それに乗ろうとするロングボードのサーファーたちの物語を、僕は書いた。なんとかして最初から間接性を確保したいと願った僕は、この物語を映画フィルムのリーダー部分の描写から書き始めた。東京の片隅でフリーランスの書き手としていろんな文章を忙しく書いていた当時の僕にとって、このような物語の現場は、まったく知らない世界ではなかった。少しは知っていた、という状態ゆえに成立した、距離感と間接性がそこにあった。初めて体験する性質の、緊張そのものと言っていい言葉で書いていくのだから、題材は遠くて間接性に満ちていて当然だった。

その後の僕はここで決定されてしまった。いっぽうにほどよい具象があり、もういっぽうには、おなじくほどよい抽象があり、そのあいだを自分好みに往ったり来たりすることのなかに自分の小説を見つけていくという性質の、現在にまでつながっている、その後だ。波乗りという題材への到達にはさほどの難しさはなかったが、その物語を短編小説へと書いていくための日本語に関して体験したことこそ、なんとか乗り越えることの出来た三つ目の壁だった。

一九六一年から市販の娯楽雑誌に文章を書き始めた僕は、一九七三年には、そのような文章に関してなら、十年以上の経験を持っていた。その経験のなかで使ってきた言葉が、じつはなんの役にも立たない事実を、まず僕は発見しなければならなかった。初めて書くと言っていい小説のために、自分の内部から自分自身の手によって、そのときの僕にとって可能なかぎりの、小説のための書き言葉を、たぐり出す必要に迫られた。僕にとってはこれ以上に正式なものはないはずの、したがって以後はずっとそれでやっていくはずだという性質の、出発点としての日本語の書き言葉を、僕は自分のなかからなかば引き出し、なかば新たに作らなくてはいけなかった。ここから始まって以後、現在まで続いているプロセスは、僕にとっては母語を発見していく過程だった。

小説のデビュー作を書いて僕は書き言葉の人になった。それまで大量に書いて来た、半分は話し言葉のような文章の、外に出てしまった。当然のことだった、と言っていい。外へと出た僕は、僕ひとりにかかわる抽象的な意味合いにおいて、孤立を始めた。その孤立は次第に深まっていく性質のものであり、作家とはこうしてひとりになっていく人なのかと、創刊された『野性時代』を手にして、僕なりの感慨を受けとめた。

どのように孤立し、どんな小説をいくら書こうが、それは当人の勝手だとして、こんなふうに孤立した人が多数の読者を獲得することなどあり得ない、と僕は確信した。ごく少数の人たちになら読まれるかもしれないものとして、これから以後の日々のなかで自分は小説を書くのだ、と僕は思った。

それ以後、『野性時代』には、主として短編小説を、毎月のように書いた。書くたびに、一回性というものを、僕は強く感じた。一編を書いたならそれはそれ一回きりであり、次はまた別なものを、おなじく一回きりのものとして、書いた。ごく普通の、平凡なとすら言っていい、具体的な一回性と同時に、いま少し抽象的な一回性も僕は感じた。ひとつの物語、というものがその本質として持つはずの、それ一回きりのもの、ということだったか。

短編小説を書く体験を、僕はこうしてかなり急速に積んでいった。そのなかでやがて僕が受けとめ始めたのは、自分の書き言葉を自分の小説のために、自分ひとりの思いのままに使っていく自由、というものだった。見つけながら使っていく書き言葉で小説のなかに入っていくと、そこで孤立を深めるのと正比例するかのように、書き言葉の自由が手に入る、という発見があった。フィクションを書くにあたってなくてはならないものは、自分が発見した書き言葉、という自由だ。

Ⅳ

小説を書く

小説を書くためにまず最初に絶対に必要なのは、僕の場合、これは小説になる、と瞬間的に確信することの出来る、これ、というものだ。現在のただなかで外からそれが来る場合もあれば、僕の内部つまり記憶のなかから浮かび上がって来る場合もある。大別して以上のふたとおりだ。そしてどちらの場合も、完璧に思いがけず、それはやって来る。完璧に思いがけなくとは、なににも邪魔されることなく、なんら制約や制限を受けずに、ほぼ完全に自由な状態のなかで、それはあらわれるという意味だ。

これは小説になる、これさえあれば小説を作ることが出来る、と僕が確信する、これ、とは、ほんのちょっとしたことだ。主題や核心となる場合もあれば、題名に落ち着く場合もある、そして編中のどこかに細部のひとつとして身を置くこともある。書きたいこと、とはまるで違っている。書きたいことは、あるに越したことはないだろう。しかしそれがいくらあっても書けるわけではないし、書いても小説にはならないかもしれない。

これさえあれば、その小さな断片から自分は小説を作ることが出来る、と確信したくて、そしてそれを目的として、それを意図して、自分の内部を探してみることはしばしばある。見つかるときと見つからないときがあるが、見つからなくて当然だとすると、その当然さとの対比において、見つかったときの思いがけなさは、あるときふと外からやって来たり、自分のなかからおなじく思いもかけずにあらわれる場合の、思いがけなさとまったく同質だ。

ここで僕が言う小説とは、主として短編小説のことだ。長編小説の場合でも、事情はほぼおなじだ。短編のときのピンポイントにくらべると、長編のときはやや大まかだ。これさえあれば小説が作れる、と確信することの出来る小さなひとかけらから小説を作っていくにあたっても、その他に材料をたくさん必要とする。基本的には材料はすべて自分のなかにある。自分のなかとは、おそらく記憶のなかだろう。かつて自分がなんらかのかたちで体験したさまざまな事柄が、混沌として無差別に、記憶のなかにある。

ここから僕は材料をさまざまに見つけなくてはいけない。見つけるとは、結びつくことだ。思いがけずに手に入った小さな断片が、なにかないかと探す僕のすぐかたわらで、思いもかけなかったものをまるで引き寄せるかのように、結びつく。なにかと結びつけたいと願っている僕の願いとはほとんど無関係なところで、思いがけないものと勝手に結びつく。その結びつきの妙が小説を作っていく。

これさえあれば、と僕が確信した、これ、という小さな断片に、思いがけないものが次々に結びついていく。この結びつきが、小説の展開つまり物語の前進性の基本となる。ある程度以上に結びつきの数が増えると、そこにその小説のぜんたいが、ほぼ出来上がる。これさえあれば、という現在の一瞬から未来に向けて、小説は早くも展開を始めている。思いがけないいくつもの断片の結びつきとは、主人公たちの関係のことだろう。そして主人公たちの関係とは、物語のなかを前へ向かって進んでいく動的ななにごとかだ。

材料のすべてを結びつけさせ、それらぜんたいを支えることをとおして、物語そのものを体現していくのが、主人公たちという登場人物だ。彼らの関係が推移し変化していくことが物語なのだから、彼らの関係のなかにしか物語はない。そして僕という書き手が持つ最大の特徴は、関係が男女の対等な関係でないことには、書く気はしないし書けもしない、ということだ。男女別の秩序など、もっともつまらないものであり、したがってそれは書くに値しない。そして僕が小説のなかに書く男女は、対等をさらに越えて同一と言ってもいい。

主人公たちの思考とアクションが展開を作っていく。思考とアクションとは論理のことだ。展開は論理の道すじをたどる。主人公たちは展開のなかにあるべき論理の整合性を体現している。彼らがその論理の筋道から逸脱することはない。論理が整合していてこそ、彼らの物語は成立し、最後に到達すべきところに到達する。物語が始まったとき、この論理はすでに存在している。物語の構成や展開は論理であり、それが訴えかけるのはエモーションだ。エモーションの推移の道筋を論理が支えている。だから小説は、虚構によって思考を表現する手段だ。ストーリーにして書き進んでいくとは、簡略化すること、あるいは抽象化することだと言ってもいい。場面として次々に瞬間化される、という言いかたも出来る。その時その一瞬の場面が、いくつも連続して展開を作る。小説とはこういう性質のものだから、書く人は書けば書くほど醒めていき、その技術の職人となる。

これさえあれば、とさきほど僕が書いた、これ、が手に入ったとき、それがやがて生む物語に固有の論理が、これ、のなかにすでにある。主人公たちがたどる論理とは、書き手である僕がなによりも先に守るべき、他者性や間接性のことだ。主人公たちという、間接性をたたえた他者たちに、僕は物語のすべてを託している。書きたいのは自分のことや自分の気持ち、自分の願望などではない。書きたいのはフィクションだ。だからフィクションがすべてに優先するのは当たり前のことだ。現実の自分の気持ちや願望などは、書こうとしているフィクションとはなんの関係もないという意味において、現実の僕のすべてはフィクションに奉仕する。書きたいのはフィクションとして間接性と他者性において成立する物語だけであり、それ以外のことはいっさい関係しない。

書いていく人は現実のなかにいる生き身のこの僕だが、実際に書き進めていく作業にあるときには、書く人としてのもうひとりの自分が書く。そしてその人は、現実の僕にとっては、他者だ。現実の僕からの直接性が物語のなかに漏れ出ることを、可能なかぎり防ぐ人だ。物語にとって、僕の主観など、どうでもいい。したがってそれは出さないし、出てはいけない。場面や人物など、描写のすべてが、客観のなかにある。書く人としての僕は、すべてを外から見ている。

物語は主人公たちという他者のものだ。だから物語を、僕は可能なかぎり他者のものとして書く。物語は主人公たちが体現する間接性と他者性において成立する。僕の主観的な時間や空間を、物語のなかで客観的なものにするための工夫が、間接性や他者性だと言うことも出来る。僕という自分がしかたなしに引き受けている現実に対して、その僕が書き手となってフィクションを書く。

なにをどのように小説にしていくかに関して、僕が持っている自由度はかなり高そうに思えるかもしれないが、じつはその僕は、何重にも重なり合う不自由さのなかにいる。冒頭で書いたような、これ、というものが手に入らないことには、いっさいなにごとも始まらない。これ、と僕が呼ぶものが、記憶のなかに眠っている思いがけないものと次々に結びついて、主人公たちの展開を作ってくれないと、どうにもならない。これだけですでに充分に僕は不自由ではないか。

これを書きたくて小説家になった、というような終生のテーマは僕にはないし、小説のかたちを借りて訴えたいことや主張したいことなども、皆無だと言っていい。自分ひとりで考えては言葉を紡ぐのだから、出来上がったものがなんらかの表現であることは確かだが、そのような表現行為を目的にしているわけでもない。だから僕はほとんどいつも、なにを小説に書いてもいいという自由さのなかにいるはずだ。しかし、限りなく高そうに思える自由さのなかで、じつは僕はきわめて不自由な状態でいるのではないか。たとえば書きたくないものが僕にはたくさんある。書けないものはもっと多いだろう。それを小説にすることなど思いもしない事柄は、おそらく山のようにある。書くなら僕にはこんなふうにしか書けないという問題は、きわめて不自由な状態の、核心ではないかと僕は思う。

これ以外の書きかたは生理的に気持ち悪いから絶対にしない、という書きかたが僕にはあると思う。このような書きかたは心理的に許容出来ないし耐えられないから、したがってそれもまずしない、という書きかたもある。この物語の論理はこれ以外にはないのだから、この物語はこんなふうにしか書かない、という書きかたは、最初の短編小説からつい昨日に書き終えた短編まで、なんら変化することなく一貫して続いている。こういった僕ならではの書きかたのぜんたいをひとまとめにして、きわめて不自由な状態、と僕は呼ぶ。

多少の改善はそこかしこに見られるとしても、現在までの作品と処女作とのあいだに違いはまったくなく、書きかたはなにひとつ変わっていない、という種類の自由がある、とでも言い直せばいいか。自分を変えない自由。そのような自分をそのままに維持し続ける自由。変わる必要などどこにもない、という性質の自由。自分を変えることになんの必然もなく、したがって自分は常になんら変わらずにいる、という自由。そしてそのような自由は不自由と同義だ。

不自由さが幾重にも僕を取り巻く。小説はその書き手がかかえる不自由さから生まれる、と言ってみようか。間接性や他者性の問題も不自由さとしてとらえることが出来る。僕の書く小説は、ほとんどの場合、女性を主人公としている。なぜなら、女性を主人公にすることによって、ある程度以上の間接性と他者性とを、あらかじめ確保することが出来るからだ。女性は究極の他者だ。女性は彼女というフィクションだ。彼女が体現する物語を小説として成立させるために、書いている現在のなかでさまざまに工夫をこらしていく一瞬また一瞬が、作者という性質の人にとっての唯一の居場所だ。

小説を書いているとき、作者は現在のなかにいる。ほどなく書き上げる、という未来に向けて、その未来を現在を経由させては刻々と過去へと送り込みつつ、書いていく。書き上げても、読者によって読まれないことには、その小説は真の意味では完成しない。いつかどこかで、とある読者によって読まれる、という未来に向けて作者は書いていく。

居酒屋の壁から 1

昨年の夏に僕はしばしばその店の客となった。その店とは、いま住んでいるところから各駅停車の電車でひと駅の、リトル・トーキョーと僕が呼んでいる街にある、居酒屋だ。現在の住まいに僕が三十年近く前に引っ越して来た頃、その店はすでにそこで盛業中だった。リトル・トーキョーとは、東京の西の端に位置して、そこよりさらに西の各地に住む人たちにとっては、東京の出島のような役割および性格を持った街、というような意味だ。

普段は歩かない一角にその店はある。十年ほど前は、郵便局へいくたびに、その店の前を通った。おそらくそのとき、僕の意識と無意識とのちょうど中間あたりで、この店はいい店かもしれない、という認識のしかたを僕はしたのではなかったか。それ以来、その店は気になってはいたのだが、普段は歩かない場所にあるため、僕が客になる機会はなかなかめぐっては来なかった。

そして昨年の夏、僕はリトル・トーキョーで写真をたくさん撮った。コンパクト・デジタル・カメラというもので撮った写真による一冊の写真集を、作ろうとしていたからだ。その居酒屋の前を何度も歩くことになった。ある暑い日の午後、五時少し前、その店へ入っていく男女ふたり連れの姿を僕は見た。ほどよく仲の良さそうな中年前期とも言うべき年齢の彼らが、自動ドアは開くにまかせつつ、暖簾は日本人そのもののような仕種でくぐっていく様子は、リトル・トーキョーの範疇を越えた普遍的なものだと僕は感じた。自分もあんなふうにこの店に入りたい、と僕は思った。

思いをおなじくする妙齢の美女とふたりで、夏の始まりの季節、その店に入る約束をした。タイミング良く誘うことの出来たふたりの男性を加えて、僕たち四人は、平日の午後五時ちょうどに、その店の自動ドアとその暖簾をくぐった。四人様のご来店は正解だった。店のスペースぜんたいは狭くも広くもなく奥に向けて長く、奥にはLの字にカウンターがあり、ここでは中年以降の男性ひとり客が、しみじみつくづくと、ひとりの時間を楽しんでいる。あるいは、男女のふたり連れが、焼酎のソーダ割りを飲みながら、なにごとかしきりに話をしている場面を見ることが多い。わけありの雰囲気の男女は見たことがない。少しでもわけがあれば、平日の午後五時過ぎに駅前の居酒屋へ来たりはしないのか。

カウンターのこちら側のスペースには、四人を定員とするテーブル席が七つか八つある。六人の客が来たらテーブルをふたつ寄せてそれが六人の席になる、ということをこの店ではしていない。四人を越える客は何人であれ二階へ案内される。そしてそこには、何人にでも対応出来るテーブルが、大人数にふさわしい雑駁さで、ならんでいる。スペースの一端には畳の座敷もある。襖はいつも開いている。テーブル席と、そこからかなり高く段差のあるこの座敷との関係は、大衆演劇の小ぶりな舞台とその客席との関係を、僕とともに二階へ上がる人の誰もが想起するようだ。芝居が出来ますね、やりましょうよ、僕は音響です、カタオカさんが台本ね、などと誰かがかならず言う。彼の芋、彼女の麦、スロー・ジンのダブルにしてくれ、居酒屋を左に曲がる、というような題名になるだろう、などと僕が言うと、同席者たちは笑ってくれる。

一階のテーブルと二階の席と、体験した回数は半々だろうか。僕は一階のほうがいい。明らかに静かな店で、どこかでなにかが、常にきちんと抑制されているような気がする。本来は焼き鳥の店のようだ。僕が好きなのは皮で、それに若鳥と砂肝の三種類を、三本ずつ、四本ずつ、などと注文する。塩とたれのふたとおりがあり、僕はいつも塩だ。そしてこの塩の絶妙としか言いようのない加減は、店の静かな抑制感と、どこかでつながっている、と僕は思う。砂肝は冷えてくると硬くなる。硬くなるとは、突き刺してある串に向けて、砂肝の小さな塊のぜんたいが、凝縮していくことだ。冷えたその内部において串をしっかりとくわえる、したがって抜き取りにくくなる。砂肝は熱いうちに串から抜いておく。居酒屋において客が発揮すべき小さな知恵のひとつだ。

空いていればおなじテーブルにつく、という癖が僕の同行者たちにはあるようだ。僕はどこでもいい。だからおなじ席と違う席とを、ほぼ半々に僕は体験している。すわる位置によって店内を見渡す視点が異なるのは、当然のことだ。店の四つの壁には、品書きの短冊がぎっしりと貼ってある。おなじ人がおなじ時に書いた品書きを判別するのを好む人が、常連同行者のなかにいる。あれとあれがおなじ手ですよ、そしてほら、あそこのじゃがバタも、などとその人はご機嫌だ。

僕は品書きをひとつひとつ読んでいくのを好む。片っ端からさあっと読んでいくのではなく、あるときはここからここまで、その次のときにはこちらの壁の品書きの上一段だけ、というふうに。昨年の夏のうちに、ほぼどの席にもすわったから、四方の壁の多数にのぼる品書きのすべてを、少なくとも三度は通読している。

同行者たちはそれぞれに好みの焼酎で盛り上がるが、僕はチューナマだ。中加減な大きさのガラスのジョッキに生ビールが入っている。ただし量は多過ぎるし分厚いガラスのジョッキは重いから、ごく普通のグラスをひとつ持って来てもらってジョッキの生ビールを満たし、それが僕の定量となる。残った生ビールは誰かが飲んでしまう。

セロリの一夜漬けはたいそう結構だ。フレンチ・フライド・ポテトもいい。鳥の唐揚げもよく出来ている。この三種類にグラス一杯の生ビールは支えられ、居酒屋でのひとときはとどこおりなく進行していく。居酒屋は客の男性たちの誰もが、男であることを如実に無防備に露出させる場所である、という考えをかねてより僕は持っていて、この考えはいまでも修正されてはいない。男であることを如実に無防備に露出させる、とはどういうことかについては、後日どこか別のところに書くことにしよう。いまここでは、壁に隙間なく貼ってある品書きについて、書いていく。

店に入って左側の壁に寄せたテーブルの、ドア側の椅子にすわると、視線は店の奥に向かう。L字になったカウンターの手前のほう、つまり短い一辺の上の壁には、品書きが上下二列でいっぱいに貼ってある。グラスの生ビールをなめながらその品書きを読んでいった僕は、塩らっきょう、という品書きに興味を持った。塩らっきょうとは、なにか。

おなじテーブルの仲間に訊いてみると、塩をつけて食べるんですよとか、塩が軽く降ってあるんです、あるいは、よくある甘酸っぱくて同時に塩からいらっきょうではなく、塩だけで漬けてあるらっきょうでしょう、などと焦点は定まらなかった。注文してみれば問題はただちに解決したはずだが、そのときは注文しなかった。なぜなら僕の興味は、塩らっきょうの右隣に貼ってあった、えんどう豆、という品書きへと移ったからだ。塩らっきょうとえんどう豆。僕ひとりの頭ではけっして思いつくことのない、素晴らしい取り合わせではないか。

塩らっきょうを注文するときには、えんどう豆もいっしょに注文するといい、という居酒屋で用いるべき知恵をまたひとつ手に入れたなどと思いながら、僕はなおもそのふたつの品書きを眺めた。塩らっきょう。えんどう豆。ちなみに、えんどう豆は、漢字を使うなら、豌豆豆と書く。鞘のなかから取り出した丸い豆を食べるのだが、若くして収穫されたえんどう豆は、鞘ごと食べることが出来る。小さな器に丸い豆がひとつかみ、という光景も良さそうだ、と僕は思った。楊枝でひとつずつ突き刺しては口へ運び、ときどきグラスの生ビールをなめる。塩らっきょうを、どうすればいいか。これは指先にひとつつまんでかじるのか。

塩らっきょうの右隣に、えんどう豆。壁の品書きを眺めながら、僕はそう思った。そしてそのとたん、頭のどこかで小さく閃いたものがあった。塩らっきょうの右隣。このフレーズは短編小説のタイトルになるではないか、という閃きだ。なるではないか、ではなくて、なる、と断定していい、と僕は思った。居酒屋の壁から、短編小説の題名がひとつ、僕の視線をたどって、僕の頭のなかに入って来た。塩らっきょうの右隣。じつにいい。

塩らっきょうのほうが男だろう、と僕は考えた。だとすれば、えんどう豆は女性だ。ひと組の男女がいて、男は塩らっきょう、そして女性はえんどう豆。物語のなかの場面の断片を僕は想像のなかに見た。ひと組の男女がたとえば午後の喫茶店で会話をしている。「僕たちの仲じゃないか」と男が言う。「あなたは塩らっきょうですものね」と、女性が応じる。「そしてきみは、忘れもしないえんどう豆さ」と、男性が言う。ふたりは笑う。ふた月ほど前、ふたりは居酒屋で飲んで食べた。そのとき、塩らっきょうという品書きの短冊の右隣に、えんどう豆の短冊があった。それを指さして、「まるできみと僕だよ」と、彼は言った。「僕は塩らっきょう」「私は、えんどう豆なの?」「仲良く壁にならんでるよ」「塩らっきょうの右隣にえんどう豆ね」というような会話を、ふた月前の彼らは、居酒屋で交わした。この場面をまだごく近い回想として物語のなかに描くといい、と僕は早くも本気だった。思いがけない時と場所で、ふと手に入れた題名から短編小説をひとつ作っていく、ということにかかわる本気だ。

彼と彼女の、短い物語。彼は塩らっきょう、そして彼女は、えんどう豆。『塩らっきょうの右隣』という題名で、彼らの物語を短編小説として作る。さて、どうすればいいのか。作るほかない。では、作ればいい。それだけのことさ、とグラスに半分ほどになった生ビールのなかに強がりを僕はつぶやき、目は笑ってたはずだから、すべては半分がとこは冗談なのだ。

居酒屋の壁から 2

この本のなかに、「神保町 1」と「神保町 2」の章がある。そこに僕が書いた時代の喫茶店のコーヒーは、煮出しきりスタイルとでも呼べばいいか、たいそう濃くて苦いだけではなく、コーヒーというものが持っている良くない要素のすべてが、煮出しきりによってくまなく抽出された、あの時代の東京珈琲だった。二十代の僕はその時代のまっただなかで、喫茶店をはしごしては、フリーランスの書き手としてのさまざまな原稿を、コクヨの小さな二百字詰めの原稿用紙に、主として鉛筆で手書きしていた。

はしごはお昼過ぎから夕方まで、五軒、六軒と続いたのだが、コーヒーは二杯が限度だった。三杯目は自動的に紅茶だった。ミルクですかレモンですか、とウェイトレスたちに訊ねられることが多かった、という記憶がある。僕はレモンだった。レモン・ティーを飲みたいわけではなかった。書いていく原稿のかたわらで、紅茶はただ冷えていくだけだったから。

原稿がひと区切りつくと原稿用紙をわきへ移動させ、空いたスペースのまんなかに紅茶を置き、かならずスプーンの楕円形に窪んだ部分に載せてあったレモンの薄い輪切りを指先に取り、椅子をうしろに引いて少しだけ距離を作った上で、冷えた紅茶に向けてそのレモンの輪切りを、手首のスナップだけで飛ばすのをささやかな娯楽としていた。

こういうかたちに作ればいかにもティー・カップだろう、という確信のもとに作った、その時代の日本のティー・カップのなかの紅茶へと、レモンの薄い輪切りは飛んでいった。冷えた紅茶のなかに斜めにきれいに入ると、気分は良かった。紅茶の上に平らに落ちると、パチャッと小さな音がして、紅茶はカップの周囲に飛沫となって飛んだ。飛沫は合計するとかなりの量になることがあり、そんなときには尻ポケットからバンダナを出して拭いたりした。狙いがはずれると、輪切りのレモンはティー・カップの縁を越えてテーブルに、あるいはテーブルをも越えてフロアへと、舞い落ちた。

その頃に比べると、いまの東京の喫茶店のコーヒーは、格段の進化をとげていると言っていい。どこでどの店に入っても、そこに深煎りの豆によるコーヒーは、ほぼ確実にある。フレンチなんとか、ヨーロピアンかんとか、といった名称がつけられている。それを注文して僕は飲むのだが、どれもみなかなりのところまで良く出来ている。そして僕は短編小説について考えをめぐらせる。

喫茶店の深煎りコーヒー一杯、あるいは二杯、という性質の時間のなかで、短編小説のアイディアをひとつ手に入れたい、という願望をかねてより僕は抱いてきた。その願望を実現させようとして僕は喫茶店に入る。これまでに何度、そのようにして喫茶店に入ったかその回数はとうてい知れないが、一杯のコーヒーと一編の短編小説のアイディアとが、なんの無駄もなくすっきりと美しく、僕の頭のなかでシンクロナイズしたことは、まだ一度もない。

短編のアイディアがまったくゼロである状態で喫茶店に入り、いくら深煎りのコーヒーと向き合ってもそれは無理というものだ、と忠告してくれた人がいる。どんなに小さなものでもいいから、コーヒーとともに考えをめぐらせるためのきっかけをひとつたずさえた上で、お気に入りの喫茶店のドアを開けなさい、とその人は言った。理にかなった忠告だ、と僕は思った。

居酒屋の壁をびっしりと埋めるたくさんの品書きのなかから、塩らっきょう、という言葉に僕の感覚は反応した。面白い言葉だ、というのが、その反応のいちばん最初の部分だ。塩らっきょう、という品書きの右隣に貼ってあったのは、えんどう豆、という品書きだった。塩らっきょう、そして、えんどう豆、このふたつの取り合わせは、僕をさらに反応させた。反応は表層の部分からその下の、やや深みのあるあたりにまで、到達した。塩らっきょうの右隣にえんどう豆がある、というぜんたいの認識のなかから、塩らっきょうの右隣、というフレーズを僕の感覚は抽出した。このフレーズは短編小説の題名になる、と僕は思った。題名になるのであれば、ぜひともその題名で短編小説をひとつ書けばいい。

だから喫茶店で僕は考えた。塩らっきょうは男だ。「居酒屋の壁から 1」で書いたとおりだ。そして、塩らっきょう、という品書きの右隣の品書きは、えんどう豆であり、その豆は彼と仲の良い友達の女性だ。なぞらえるなら自分はえんどう豆であることを、彼女は笑って全面的に引き受けている。塩らっきょうが男、そして、えんどう豆が女性。このふたりの物語を、僕は短編小説にすればいい。彼らふたりの身の上になにかドラマティックな出来事が連続するストーリーではなく、ふたりの良き関係がよりいっそう確認されるようなストーリーなら、それで充分だとすればいい。さあ、どうするか。

後日、別の場所にある喫茶店で、僕はさらに考えをめぐらせた。塩らっきょうのほうから僕は考えた。日本では年齢をきめると、その人の背景のほとんどがなかば自動的にきまっていく、という傾向がある。塩らっきょうさんは五十代がいいか。五十三歳、という年齢にしようか。独身のほうがいいと僕は思う。だから、そうしよう。なにをしてる人なのか。五十代なかばが目の前なのだから、少なくとも経済的には、なんとか自立していないことには、話にならない。小説の主人公を作り出すにあたって、もっとも難しいのは、じつはここなのだ。その人はいかにして経済的な自立を維持しているのか。これまでずっと、なにをして来た人なのか、と言い換えてもいい。

従業員の数が百人ほどの会社で部長までいき、定年までに数年を残して昨年に退職し、いまはなにもせずに退職金を背景に失業保険で生活している、というような設定には、わかりやすい一般性はある。しかし、一般性では、短編小説の主人公は務まらない。それまでずっと続けて来たことが、なにであれいまも彼の基本であり、その基本の蓄積のなかからおのずから立ち上がって来る彼の魅力ないしは力のようなものが、最小限もうひとりの登場人物の、おなじく基本的な魅力ないしは力と化学反応を起こし、それがふたりの物語とその展開を作っていく、という構図がないことには、物語はいっさい生まれない。

五十三歳の塩らっきょうさんは作家であるということにしようか、と僕は思った。三十三歳で作家としての第一作を発表したなら、いま五十三歳の彼は二十年の蓄積を持っている。彼の根源はそこにあると言っていいだろう。僕は塩らっきょうで、きみはえんどう豆だと彼が言う、相手の女性との良き関係の根源は、彼の根源と重なり合っているといいし、彼女の根源とも大きく重なるものであるといい。彼を造形しつつ、僕は彼女をも作っていかなくてはいけない。こういうときには、そもそものスタート地点へ、想像のなかで戻ってみる。

作家としての彼の、そもそものスタート地点とは、どのようなものか。これを考えてうまくいけば、そこに彼女を重ねればいい。彼のデビュー作はどのような経過をへて生まれたものなのか。彼のそもそものスタート地点とは、いま僕が考えようとしている短編小説のなかでは、そのあたりだ。つまり僕はここから彼を作っていかなくてはいけない。作家になる以前の彼は、新聞記者だったことにしておこうか。新聞社に社員として勤務していた記者だ。文化部がいいと思う。まんべんなくどんな話題でも、読んで面白い記事にすることの出来た彼が、個人的にいまでももっとも好いている領域は、ジャズだ。

外国から日本へ公演をしに来たビッグ・バンドを取材して記事にしたとき、当然のこととして彼はそのバンドのステージを見た。素晴らしいバンドが見事な演奏をした。彼が心を素手でつかまれたような戦慄を覚えたのは、そのバンドのドラムス奏者だった。なにからなにまで白人外国人の美人女性だったが、指揮をしているリーダーを含めて十七人編成のバンドで、演奏上の屋台骨を支えていたのは、彼女のドラミングだった。ハイ・ハットからバス・ドラムまで、彼はその音色の良さに完璧に巻き込まれた。なぜか余裕のあるタイミングで作り出すリズムに、バリトン・サックスとベース・トロンボーンが載ると、バンドぜんたいが空中に浮かぶような錯覚があり、曲が終わって着地するたびに、彼は目に涙すらした。

そのバンドに関して彼はいい記事を書いた。ドラムスの女性についても的確に触れた。そしてそこから、彼の小説の第一作は始まった。書こうと思っていた小説を現実に書くことに向けて、彼をこの上なく駆り立てたのは、ステージの上に見たドラムス奏者の女性の魅力だった。ジャズとはなんの関係もない、ひとりの女性についての小説の第一作が本になり、新聞社を辞めて八年後のある日、音楽事務所で仕事をしている知人から、東京のジャズ・クラブへ誘われた。ピアノ・トリオが出演していた。ウッド・ベースとピアノがスエーデンの男性で、ドラムスは日本の女性だった。彼女とそのドラミングにも、彼は心を奪われた。察した知人は彼を楽屋へ連れていき、ドラムスの女性に紹介した。彼と彼女の初対面は、こんなふうにして実現した。そしてそこから、ふたりのつきあいが始まった。十年前のことだ。十年かけて、ふたりは、現在の良き関係を作り出して来た。良き関係とは、彼は彼女の能力をきわめて高く評価し、彼女ぜんたいを全面的に信頼していて、彼女はそのような彼を正面からすべて受けとめている、ということだ。最初の長編小説を書くにあたって根源的な推進力のように作用したのは、ひとりの女性ジャズ・ドラムス奏者から受けた深くて強い感銘だった事実は、八年後に、まったく別の女性ジャズ・ドラムス奏者の上に重なった。

彼女は彼よりちょうど二十歳年下だという設定にしておこう。音楽の大学を卒業して以来、ジャズのドラムスひと筋の生活だが、それだけでは経済的に成立しない。自分ひとりで、どこへも出向くことなしに出来る副業が欲しい、という希望を友人たちのひとりに伝えたところ、その友人はロマンス小説のゴースト・ライターの仕事を紹介してくれた。彼女の姿や顔だち、かもし出す雰囲気などが、ロマンス小説の書き手そのものではなく、ゴースト・ライターにぴったりだから、という理由だった。いっさいなんの経験もなかったのだが、それはあまり関係ありません、と言われて仕事を引き受け、初回から高い合格点を出し、その仕事はいまでも続けている。何冊のロマンス小説を代作したか、彼女自身、とっくに忘れている。ロマンス小説の代作から派生して、コミックスの原案を作る仕事もしていて、これはかなり多忙になるときもある。

彼女はほとんどいつも白いパンプスを履いている。ヒールの高すぎもせず低くもない、一点の汚れもない、すっきりと美しい、白いパンプスだ。これを履いて姿良く物静かに、軽く歩く。白いパンプスだからシロパン、と友人たちは呼んでいる。どこにも癖のない美人の顔だちで、喋りかたやものの考えかた、人への反応のしかたなど、おっとりとしている。清楚な雰囲気が持つ魅力の奥行きの深さは誰にも否定しがたく、そしてそれゆえに、下着は絶対に黒だという意見が強く、その結果として、シロパンとクロパン、とも呼ばれている。いつの時代ともわからない、しかし体の動きにつれて優しく揺れ動く軽い生地のスカートに、ぴったりしたシャツを好む。この姿でライヴハウスの楽屋に入ると、ドラムスの人のマネジャーないしは単なる友人と思われることが多い。こんなとき彼女は、ステージのドラム・セットに向き合ってすわり、いきなりジンジャ・ベイカーの真似をしてみせる。

塩らっきょうとえんどう豆のふたりは、ごくおおざっぱに書いて、以上のような背景を持って、現在のなかにいる。現在の彼らはたいそう仲がいい。好ましい関係が維持されている。このふたりの物語を、一編の短編小説として、僕は書こうとしている。どんな物語を書けばいいのか。この本のあちこちですでに書いたことだが、僕の場合、つまり自分で書く小説とは、論理の道筋に他ならない。その論理の道筋をたどることによって、物語ぜんたいを体現してくれるのが、主人公たちだ。『塩らっきょうの右隣』の主人公たちである彼と彼女は、どのような論理を体現すれば、一編の短い小説の主人公として、その機能をまっとうすることが出来るのか。

短編として僕によって書かれるはずのこの物語は、前半と後半とに分かれる。前半では彼らふたりを紹介し、彼らの関係の好ましさについて、充分に語っておく必要がある。そしてこの関係に、彼女によってかなり大きな変化がもたらされる。もたらされるはずの変化について彼と相談するために、ある日、彼女は彼と喫茶店で待ち合わせる。そして相談する。

この相談が彼らふたりの関係に大きな変化をもたらす。彼らふたりの質的な根源と深くかかわる性質の相談でないといけない。いけないとは、そうでないことには物語の論理の筋道がとおらなくなる、という意味だ。居酒屋の壁の品書きでは、塩らっきょうの右隣はえんどう豆だ。僕が塩らっきょうならきみはえんどう豆だ、という彼の意見に彼女は全面的に賛成している。そのえんどう豆が塩らっきょうに持ちかける相談は、彼女だけではなく彼の根源とも深く重なり合うものでなくてはいけないし、すでに十年の蓄積を持つ彼らの関係の本質とも、密接につながるものである必要を持つ。

彼が最初に触れた彼女の魅力の根源は、ジャズのピアノ・トリオのなかでドラムス奏者として彼女が果たした役割の見事さだった。だから彼女が喫茶店で持ちかける相談は、ジャズ・バンドにおけるドラムス奏者としての彼女の、これからの日々に直接にかかわるものでなくてはいけない。その日々の始まりは、彼が十年前に彼女を最初に見たときへと、彼を連れ戻す。

彼が彼女を最初に見たのは、ジャズのピアノ・トリオのドラムス奏者としてだった。ピアノとウッド・ベースをスエーデンの男性が務め、彼女がドラムスだった。このときのウッド・ベース奏者から連絡があり、オランダへ来ないかと誘われている、という相談を彼女は喫茶店で彼に持ちかける。

来ないかとは、少なくとも三、四年はそこに住むことを意味する。オランダのロッテルダムだ。そこのラジオ局で一年三百六十五日、毎日、三十分のスタジオ・ライヴでジャズを、主としてピアノ・トリオで演奏している。もう何年も続いているが、ドラムスが都合により退くことになった。後任にどうか、と彼女はウッド・ベースの奏者から打診された。国家が基本予算を出し、民間からの寄付を加えて、活動の多彩さを支えているジャズのビッグ・バンドもあり、そこにもドラムス奏者として加わってもらえると、きみひとりの生活の経済は保証出来る、という話だ。このビッグ・バンドは、慶事における活動では、軍隊の軍楽隊に組み込まれることもあるという。

彼女がオランダへいくことに、彼は賛成する。ドラムス奏者としてジャズを演奏する機会が、東京にないわけではないのだが、機会は一定しない。不規則に間が空く。彼女の生活の中心軸として、充実した演奏活動は望めない。そこから派生して来る経済的な理由から、ロマンス小説のゴースト・ライターやコミックスの原案を作る仕事を、彼女はこなしている。東京を引き払え、と彼は強く彼女に勧める。ゴースト・ライティングや原案の仕事は、きみが東京からいなくなることによって埋めがたい穴があくなら、すべて僕が引き受ける、とまで彼は言う。

彼女はロッテルダムへ移り住む。ジャズ演奏の活動を始める。日々は充実する。彼は東京にいる。その東京のどこかの喫茶店で、たいした用もないままに彼女と待ち合わせてしばしの時間を共有する、というようなことは出来なくなった。自分もロッテルダムへいこうか、と彼は思う。一年くらいなら東京を離れることは可能だろう、などとも思う。ロッテルダムへ来ないか、と彼女を誘ったウッド・ベース奏者が、ごく淡くにせよ彼女に想いを寄せている可能性は、けっしてなくはない。東京から来た日本の作家が彼女の周辺に見え隠れしたなら、それは彼女の活動を妨害することにもなりかねない。あれこれ思いめぐらせる、という自由しか彼にはない。夏にロッテルダムを一度だけ訪ねるくらいならいいだろう、というあたりに落ち着いて、塩らっきょうはひとりとなる。

ひとりとはなっても、彼の東京での日々は続いていく。編集者やかつての記者仲間などの知人や友人たちと、夕方の早い時間に居酒屋の客となる日もある。何度もすわったことのある席で、ひとまず、ないしは、とりあえず、の生ビールで突き出しを箸の先につまんでいると、隣にすわったいまも新聞記者の男が、

「塩らっきょうって、なんだろうねえ」

と彼に言う。

彼がすわっている席から正面に視線をのばすと、奥のL字型のカウンターの、短いほうの一辺の頭上の壁に、品書きの短冊がびっしり、二段に貼ってある。いまはオランダにいるジャズ・ドラムス奏者の彼女とふたりで見たとおりに、塩らっきょう、という品書きがある。

「塩で漬けたらっきょうだろう」

と彼は答える

「食ったことないなあ」

「食ったら」

「注文しようか」

「右隣のえんどう豆が、よく合うよ」

という彼の言葉に、

「なるほど、えんどう豆ねえ」

とその友人は言い、店の中年の男性に塩らっきょうとえんどう豆の注文を告げる。そのふたつはすぐにテーブルに届く。友人はさっそく塩らっきょうを口にいれて嚙む。

「うまいよ」

と言う。

「そのあとえんどう豆を食ってみな、よく合うから」

と彼は言い、嚙み砕いた塩らっきょうを呑み込んだ友人は、えんどう豆を食べてみる。

そして、

「ああ、本当だ、よく合う」

と言い、感心したかのようにうなずく。その友人に向けている彼の笑顔が素晴らしい。

塩らっきょうとえんどう豆の短い物語は、ここで終わる。居酒屋の壁の品書きから『塩らっきょうの右隣』というタイトルを僕が手に入れてから、ふた月ほどでこの短い物語を僕は考えた。喫茶店は間を置いて三軒、必要とした。タイトルだけがある状態で一軒目の喫茶店に入り、二軒目を間に置いて三軒目で、僕が以上に書いたような物語へと、ぜんたいはまとまった。基本的にはこれでいいと思う。四百字詰めの原稿用紙に換算して、四十枚までは必要ないだろう。ごく短い物語だ。そしてそれをどのように書くかは、こうして作り出したアウトラインとはまったく別の問題だ。

あとがき

コーヒーを粉ではなく豆で持って来てしまったことに気づいたときは、何度目とも知れない確認のときだった。お前はそんな奴さ、という確認だ。そうさ、そんな奴だよ、それはよくわかってる。コーヒー豆の深煎りの色だけは正解だと思いながら、ジーンズの尻ポケットからバンダナを取り出して広げ、コーヒー豆をひとつかみ、そのまんなかに置き、照る照る坊主を作る要領で丸い球へとバンダナを絞った。

車載工具からドライヴァーを出し、ついさっきまですわっていた幅の狭い石づくりの階段に向き直ってしゃがみ、バンダナにくるまれたコーヒー豆の丸い頭を、階段の石の上でドライヴァーの尻で叩いていった。ほどなく豆は荒挽きの粉となった。

白いキャラメルのような固形燃料を使う小さなポケット・ストーヴで、シェラ・カップにコーヒー一杯分の湯を沸かした。固形燃料は見た目には頼りないが、思いのほか火力は強い。湯はすぐに沸いた。絞ったバンダナのなかほどを持ち、コーヒー豆のくるまれた頭を沸き続ける湯につけてかきまわしていると、湯はたちまちコーヒーの色となった。あわててはいけない。充分に時間をかけろ。深煎り豆の正しい転生であるフレンチ・コーヒーが、シェラ・カップのなかにほどなく完成した。

峠の県道から石段を少しだけ上がったところに、そのときの僕はいた。僕は完成したばかりのコーヒーを飲んだ。峠の下の盆地やその向こうの山なみが午後へと傾きつつあり、コーヒーを飲むうちに白い半月さえ昇って来たではないか。吹いていく風には早くも夜の感触があった。コーヒーのために使った水筒の水は、午後に山裾の農家の井戸でもらったものだ。

このときのこのコーヒーをいま僕は思い出している。このコーヒーは、一編の短編小説ではないか。この一杯のコーヒーを成立させるために必要とした、すべての材料、あらゆる状況と背景、そのときそこでそうなった成りゆきの、いっさいがっさいが、無理してなぞらえるまでもなく、一編の短編小説を成立させるための材料や背景と、まったくおなじではないか。コーヒー豆、バンダナ、固形燃料、ポケット・ストーヴなどが、主人公たちやその周辺の登場人物に、すんなりと該当する。

自分にとってさほど無理のない、なんらかの状況のなかで一杯のコーヒーを淹れて飲めば、そのための一連の行為のなかで僕は一編の短編小説を作ろうとしているようだ、と言っていいようだ。コーヒーを淹れて飲めば、そのつど短編小説が頭のなかに出来上がる、というわけにはいかないけれど、一杯のコーヒーと一編の短編小説とは、どこかで緊密につながっている。

二〇一二年四月

片岡義男

本書は、月刊誌『図書』(岩波書店)二〇〇八年四月号から二〇一一年七月号に連載した「散歩して迷子になる」を、大幅に改稿・加筆した。

言葉を生きる

2012年5月15日　第1刷発行

著　者　片岡義男《かたおかよしお》

発行者　山口昭男

発行所　株式会社　岩波書店
〒101-8002 東京都千代田区一ツ橋2-5-5
電話案内 03-5210-4000
http://www.iwanami.co.jp/

印刷・精興社　製本・牧製本

ISBN 978-4-00-022921-0　Printed in Japan